Siggi Schafhaus

Diamanten, Mord und Liebe

Kommissar Braun ermittelt unkonventionell

www.tredition.de

Verlag und Druck: tredition GmbH, Hamburg

ISBN
Paperback: 978-3-7482-3057-1
e-Book: 978-3-7482-3059-5

Diamanten, Mord und Liebe

Kommissar Fred Braun blickte missmutig aus dem Fenster. Der Tag hatte für ihn schlecht begonnen. Erst hatte er sich beim Rasieren geschnitten und dann war noch der Filter in der Kaffeemaschine umgeklappt und nur eine dünne Brühe aus der Warmhaltekanne geflossen, die er sofort in den Ausguss gekippt hatte. Auch das frische Grün des Frühlings, das sich seinem Blick bot, konnte seine Laune nicht bessern. Zumal die Gebäude und die hohen Schornsteine des Chemiewerkes gegenüber den Gesamteindruck trübten. Schon oft hatte er ausziehen wollen, aber die Ruhe in dem abgelegenen Stadtteil hatte ihn immer wieder davon abgehalten. An den undefinierbaren Geruch, der vor allem bei Westwind vom Chemiewerk herüberwehte, hatte er sich im Laufe der Zeit gewöhnt.

Seit seiner Scheidung vor fünf Jahren wohnte er hier in der kleinen

Einliegerwohnung. An die Verrichtungen, die das Leben als Single mit sich brachten, hatte er sich inzwischen gewöhnt. Eine Putzfrau sorgte einmal in der Woche für Sauberkeit. Sie hatte sich auch seiner Wäsche angenommen.

Er schaute auf seine Armbanduhr. Zeit, ins Polizeipräsidium am Fürstenwall zu fahren. Da klingelte das Telefon. Er hörte einen Augenblick zu und sagte dann: „Gut, ich komme direkt dort hin".

Das hieß, er musste mit seinem Wagen statt mit Bus und U-Bahn zum Dienst fahren.

Als er am Tatort in der Königstrasse ankam, war die Spurensicherung schon da. Sein Assistent Ralph Thoma kam ihm entgegen.

„Was ist passiert?"

„Ein Raubüberfall. Halten Sie sich fest, nach Aussage der beiden Zeugen sollen die Täter für über dreißig Millionen Euro Diamanten geraubt haben."

Der Kommissar schaute sich um. „Wie ist

das möglich? Hier ist doch alles dreifach abgesichert."

„Die Täter haben mit einem einfachen Trick gearbeitet. Einer der Täter hatte bereits wiederholt über einen Mittelsmann kleinere Mengen Diamanten gekauft. Angeblich ein Japaner. Jetzt hatte er sich wieder angemeldet und wollte für eine Million Euro Rohdiamanten kaufen. Als er klingelte, haben die beiden Angestellten über die Türsicherungsanlage einen Japaner gesehen, der auf ihre Aufforderung seinen Personalausweis vor die Kamera hielt. Vor der Eingangstür zur Firma haben sie ihn nochmal kontrolliert und dann die Türe geöffnet. Dann war plötzlich ein zweiter Mann da. Beide hatten großkalibrige Waffen in Händen. Die beiden Angestellten", Ralph Thoma schaute auf eine Notiz in seinen Händen, „Walter Heberling und Heinz Kessler, mussten sich auf den Boden legen. Sie wurden an Händen und Füssen gefesselt und geknebelt. Da die beiden dabei waren,

die Lieferung für den angeblichen Kunden
zusammenzustellen, stand der Tresor offen.
Die beiden Täter haben seelenruhig alles
findbare zusammengepackt, haben die
Firmenschlüssel an sich genommen, die Türe
abgeschlossen und waren verschwunden.
Walter Heberling hat sich dann zum
Alarmknopf gerollt. Das war`s."

„Und wie sind Sie hereingekommen?"

„Wir standen vor der gepanzerten
Eingangstür und wussten nicht, wie wir
hereinkommen sollte. Da kam einer der
Inhaber", wieder einen Blick auf seine
Notiz, „Hermann Kleist. Er war völlig
verstört. Wir mussten die Türe
aufschließen, er war dazu nicht in der
Lage. Wir mussten ihn daran hindern, die
Fesseln der beiden Angestellten zu lösen.
Lediglich die Knebel haben wir entfernt.
Inzwischen hat die Spurensicherung die
Fesselung fotografiert, die wir dann gelost
haben."

„Ist eine Ringfahndung ausgelöst worden?"

Ralph Thoma sah seinen Vorgesetzten erstaunt an „Selbstverständlich. Aber ich erhoffe mir nicht viel davon. Vielleicht sind die beiden ganz ruhig mit der U-Bahn weggefahren."

„Vielleicht. Ich kann mir noch kein Bild machen. Sonderbar ist für mich, dass der Tresor offen war. Wenn darin solche Werte liegen, schließe ich den Tresor, bevor ich einen Kunden hereinlasse. Ich werde alle Beteiligten noch mal anhören. Vielleicht ist etwas übersehen worden."

Die weiteren Vernehmungen brachten nichts Neues. Die Täterbeschreibung war sehr vage, obwohl die Täter nicht maskiert waren. Kommissar Braun saß inzwischen in seinem Büro und wartete auf das Ergebnis der Spurensicherung. Rundfunk und Fernsehen hatten inzwischen umfassend über den dreisten Coup berichtet und die Bürger aufgefordert, alle Vorkommnisse, die mit dem Raub in Verbindung stehen könnten, zu melden. Aber bisher, Kommissar Braun schaute auf die Uhr, acht Stunden nach der Tat, war noch nicht ein einziger Hinweis eingegangen. Er las noch einmal die Protokolle der Vernehmungen durch. Die ganze Sache sah nicht professionell aus. Wie konnten zwei Angestellte so sorglos handeln. Er rief nach seinem Assistenten.

„Sagen Sie, sind diese beiden, Heberling und Kessler, die einzigen Angestellten der Firma?"

„Nein, da ist noch eine Buchhalterin, Frau Karin Hübner. Aber die ist seit zwei Tagen krank geschrieben."

„Wie lange sind die Herren Heberling und Kessler in der Firma beschäftigt?"

„Seit der Gründung vor dreizehn Jahren."

„Und die Frau Hübner?"

„Ebenso lange."

„Haben Sie schon recherchiert, wie die Finanzlage der Firma ist?"

„Ja klar. Sie ist, wie die der meisten Firmen heute. Nicht sehr gut, aber die

Finanzen sind, auch nach Aussage der Hausbank, in Ordnung. Lediglich in letzter Zeit sind die Umsätze etwas rückläufig."

„Na gut, ich denke, das war es für heute. Ich möchte gern heute etwas früher Feierabend machen, gestern war es spät genug. Wenn morgen die Erkenntnisse der Spurensicherung vorliegen, sehen wir weiter.
Haben wir noch kein Ergebnis der Ringfahndung?"

„Nichts."

Kommissar Braun wollte gerade seinen Mantel anziehen, als das Telefon klingelte. Er hörte zu und sagte dann: „Muss es unbedingt heute sein?" Nach einiger Zeit nickte er und sagte nur „Ich komme."
Ralph Toma sah ihn fragend an. Kommissar Braun lächelte und sagte: „Da haben wir den ersten Hinweis. Ein bisschen komisch. Ich soll zu ihm kommen, aber unbedingt in einem Privatwagen und so tun, als sei ich ein Versicherungsvertreter."

„Ein Spinner?"

„Den Eindruck hatte ich eigentlich nicht.
Eher so, als habe er seine Gründe für diese
Vorsicht. Ich fahre mal vorbei und schau
mir den Mann an." Er schaute auf eine
Notiz, die er während des Telefonats
geschrieben hatte: „Siggi Wilhelm heißt
er." Und nach einer Pause: „Also, ich fahr
da mal hin."

Suchend fuhr Kommissar Braun die Straße
hoch. Schnell fand er das Haus, dass ihm
Wilhelm exakt beschrieben hatte. Er
klingelte und hörte aus der Türsprechanlage
„Nach unten bitte."
Der Mann, der ihn ander Wohnungstür
erwartete, war nicht mehr jung.
Er bat ihn einzutreten und Braun fand sich
in einer Wohnung wieder, die seiner Single-
Klause zum Verwechseln ähnlich war. Wilhelm
lächelte und sagte: „Wenn ich das in der
Aktuellen Stunde richtig verstanden habe,
erfolgte der Überfall gegen neun Uhr

dreißig." Braun nickte. Wilhelm fuhr fort: „Aber es ist, allerdings früher, etwas Merkwürdiges passiert. Ich ging zum Abfallcontainer, der, wie Sie sicher gesehen haben, vorne an der Straße steht. Da hielt ein Auto mit Düsseldorfer Kennzeichen. Vier Männer stiegen aus, einer trug ein kleines Paket, eine Art wasserdichtes Säckchen. Zwei der Männer hatten Klappspaten in der Hand. Alle vier gingen zu dem Wald hinter dem Haus. Etwas später ging ich den Weg am Wald entlang. Man kommt dort zu einer Tankstelle, wo ich mir Zigaretten holen wollte. Da saß einer der Männer auf der Lehne der Bank, die dort steht, und rauchte eine Zigarette. Von den anderen war nichts zu sehen, aber ich hörte, vielleicht fünfzehn oder zwanzig Meter im Wald Geräusche, als würde dort gegraben. Als ich, nach etwa zehn Minuten, zurückkam, war der Mann verschwunden. Aber ich sah noch, wie drei der Männer ins Auto stiegen, der Vierte aber ging ins

Nachbarhaus. Er schloss die Haustüre auf und ich vermute, dass er dort wohnt. Noch während ich zur Haustüre ging, kam er wieder heraus und stieg in den Wagen ein und sie fuhren weg."

„Das Kennzeichen des Wagens kennen Sie nicht?"

„Doch. Es war leicht zu merken: D-FL101. Sie können sicher leicht feststellen, wem der Wagen gehört."

„Na klar", sagte Braun. „Ein Anruf genügt." Er nahm sein Handy zur Hand und wollte wählen, als Wilhelm sagte: „Die Dinger kann man doch auch abhören, oder?"

„Normalerweise ja, aber mit diesen Funktelefon werden die Gespräche zerhackt, chiffriert sozusagen." Er wählte eine Nummer und fragte nach dem Halter des Wagens. Nachdem er die Antwort erhalten hatte, war sein Gesicht wie verwandelt. „Ich glaube es nicht", sagte er.

„Es ist der Wagen des Besitzers, vermute ich richtig?" fragte Wilhelm.

Braun nickte. „Die haben das Ding selbst gedreht, sind nach Düsseldorf zurückgefahren, haben die beiden Angestellten gefesselt und beide Geschäftsführer haben sich, da bin ich sicher, durch Termine ein wasserdichtes Alibi für die Tatzeit verschafft. Ich muss gleich die Kollegen alarmieren, dass sie die Bande hochgehen lassen."

Wilhelm winkte ab. „Ich habe keine Ahnung von Kriminalistik. Aber ich denke, die werden klug genug sein, auch daran gedacht zu haben. Es ist leicht, sich ein falsches Nummernschild zu besorgen. Und die Beute haben Sie auch nicht. Sie können nicht den ganzen Wald umgraben, um die Beute zu finden. Mit einem Metalldetektor können Sie auch nichts finden. Könnte man nicht einen der Hubschrauber mit Wärmebild- und Infrarot-Kamera über den Wald fliegen lassen?"

Braun lachte. „Sie haben keine Ahnung von unserer Arbeit, wie? Natürlich machen wir das."

„Aber er darf höchstens einmal darüber fliegen, sonst fällt es auf. Denken Sie an den Spion im Nebenhaus."

Braun nickte und gab dann seine Anweisung präzise mit seinem Telefon weiter.

Schon kurze Zeit später hörten sie den Hubschrauber. Voller Ungeduld warteten Sie auf das Ergebnis. Leider war es negativ, wie nach so langer Zeit nicht anders zu erwarten.

„Sie als Zeuge können doch bestätigen, dass einer der Autoinsassen hier ins Haus gegangen ist, sagte Braun.

„Das kann ich. Aber was ist, wenn der, den ich gesehen habe, den Schlüssel dem Angestellten beim Überfall abgenommen hat? Wenn ich mich in der Zeit geirrt habe? Wir Rentner leben nicht mehr mit der Uhr in der Hand.

„Sie haben natürlich recht. Wir wissen, wer die Täter sind, und nun müssen wir den Fall weiter so bearbeiten, dass alles in

16

trockenen Tüchern ist. Ohne wenn und aber. Ich denke, es ist besser, ich gehe jetzt, damit unser „Spion" nicht noch misstrauig wird. Sie haben uns sehr geholfen. Soweit es im Rahmen der Ermittlungen möglich ist, werde ich Sie auf dem Laufenden halten. Und vergessen Sie nicht die Belohnung, die die Versicherung für die Auffindung der Beute ausgesetzt hat. Zehn Prozent sind eine ganze Menge Geld."

Braun verabschiedete sich und fuhr nach Hause. Hier konnte er mit Ruhe an seinem Bericht arbeiten und das weitere Vorgehen bedenken.

Er rief seinen Assistenten von zu Hause an und gab ihm die Order, die Privatanschriften der Mitarbeiter und Geschäftsführer zu ermitteln und eine unauffällige Rundum-Bewachung aller Beteiligten und der Geschäftsräume zu veranlassen. Niemand durfte auch nur den geringsten Verdacht haben, in welche Richtung die Ermittlungen liefen.

Siggi Wilhelm hatte Braun in einiger Unruhe
zurückgelassen. Dass er in seinem Alter
noch an der Aufklärung eines Verbrechens
teilhaben konnte, machte ihn stolz, aber
auch nervös. Er wusste, dass er nicht
schlafen könne und so setzte er sich mit
einem Glas Rotwein und einem Buch in den
Sessel. Aber schnell ließ er das Buch
wieder sinken, weil er sich einfach nicht
auf den Inhalt konzentrieren konnte.
Vor allem war er besorgt, dass die
Verbrecher die Beute ausgraben und an
anderer Stelle verstecken könnten.

Diese Gedanken hatte auch Kommissar Braun.
Am nächsten Morgen rückten Bauarbeiter an
und gruben eine Rinne für ein Abwasserrohr
auf dem Grundstück, dass dem Wald am
nächsten lag. Diese Rinne endete an einer
Art Gartenhäuschen an dem Ende des Gartens,
der dem Wald am nächsten lag. Dass in
diesen Abwasserrohren Kabel verlegt waren,

konnte keiner ahnen. Ebenso wenig, dass in dem Gartenhäuschen eine Wärmebild- und eine Infrarotkamera installiert wurden, denen keine Bewegung im nahen Wald verborgen blieb. Im Haus selbst wurde wohl, wie die Nachbarn vermuteten, umgebaut. Jeden Morgen kamen zwei Bauarbeiter und begannen ihr Tagewerk. Im Laufe des Tages kamen immer wieder neue Arbeiter, andere gingen, so dass man die Übersicht verlor, wie viele Arbeiter denn nun im Haus waren. Es waren immer zwei mehr, als man dachte, und die blieben über Nacht. Am nächsten Tag begann das Schauspiel von neuem.

So ging das vier Tage lang, ohne dass sich etwas getan hätte. Die Wohnungen der Mitarbeiter und Geschäftsführer der Diamantenhandlung wurden unauffällig überwacht, Meldungen über die Bewegungen gingen an Kommissar Braun. Es schien in der Firma alles seinen normalen Gang zu gehen. Am fünften Tag aber war alles anders. Die

Meldung, dass Hermann Kleist sein Haus verlassen hatte, traf bei Braun ein, aber keine Meldung über sein Eintreffen in der Firma. Braun wusste, daß es hier einen Schwachpunkt gab, aber es war ihm zu riskant, die Leute auf dem Weg zu überwachen. Das hätte auffallen können und die ganze Ermittlung gefährdet. Er gab den Wagen von Kleist in die Fahndung, und jetzt konnte er nur noch warten. Es dauerte nicht lange, dann kam die Meldung, dass der Wagen gefunden worden war. Er stand mit geöffneten Türen auf einem ansonsten leeren Messeparkplatz. Am Steuer saß Hermann Kleist, er war durch einen Schuss in den Kopf getötet worden. Braun veranlasste, dass kein Wagen auf den Parkplatz fahren durfte, ließ dann einen Wagen der Fahrbereitschaft kommen und machte sich auf den Weg zur Messe.

Der Anblick, der sich ihm auf dem Parkplatz bot, erschütterte ihn. Als Mitarbeiter des Dezernats Raub hatte er bisher nur wenig

Leichen gesehen im Vergleich zu den Kollegen des Morddezernats, mit denen er jetzt wohl zusammenarbeiten musste. Die Spurensicherung war vor Ort und Braun wies sie an, alle Reifenspuren auf dem Parkplatz zu fotografieren und Gipsabdrücke zu machen. Zwei Kollegen des Morddezernats, Michael Schumann und Dieter Kamps, waren schon da und begrüßten ihn.

„Ich hörte, das hier hängt mit einem Fall zusammen, den Du bearbeitest", sagte Dieter Kamps, der als Hauptkommissar eines der Morddezernate leitete.

„Ja", antwortete Braun, „ich war allerdings der Ansicht, dass mein Fall gelost wäre, bis auf die Beweissicherung. Aber ehrlich gesagt, wie ich das hier einordnen soll, weiß ich nicht."

„Nach dem Personalausweis ist das hier Hermann Kleist. Ist das nicht einer der Chefs der Firma, denen für i Millionen Euro Diamanten geraubt wurden?"

Braun nickte nur. „Also, bei solchen Summen denkt man ja an die Maffia", fuhr Dieter Kamps fort.

Braun schüttelte den Kopf. Dann winkte er Michael Schumann, näher zu kommen und gab beiden einen Abriss der Geschehnisse in seinem Fall.

„Das ist ja ein Ding", sagte Michael Schumann, „Aber wie passt das hier da rein?"

Braun hob die Schultern. „Ich weiß es nicht Sicher ist jedenfalls, dass es keiner der in den Raub Verwickelten sein kann. Wir überwachen sie, und alle waren an ihrem Arbeitsplatz."

„Das Handschuhfach stand offen, es war leer", sagte Kamps, „vielleicht wollte er einen kleinen Teil der Beute hier verkaufen, um einen Mitwisser oder Erpresser auszuzahlen."

„Das glaube ich nicht", antwortete Braun, „die vier an der Tat Beteiligten kannten sich seit dreizehn Jahren, da glaube ich nicht an Erpressung, es sei denn..."

„Was wolltest Du sagen?", fragte Kamps.

„Nichts. Aber mir ist da eine Idee gekommen und ich glaube, ich muss einen Besuch machen."

Siggi Wilhelm stutzte, als es klingelte. Seit er hier wohnte klingelte nur seine Bekannte, aber mit der war er nicht verabredet, oder der Postbote. Aber der war um diese Zeit schon durch. Wilhelm fragte durch die Gegensprechanlage: „Ja, bitte?"

9

„Guten Abend, hier ist Ihr Versicherungsvertreter. Wir sind verabredet."

Wilhelm stutze einen Moment, bevor ihm klar wurde, das Kommissar Braun mit ihm sprechen wollte. Dann drückte er auf den Türöffner.

Braun sagte schon auf der Treppe: „Ich

habe den Vertrag vorbereitet. Sie müssen nur noch unterschreiben."

Schlagfertig ging Wilhelm auf den Trick ein und antwortete: „Sie können ganz sicher sein, dass ich ihn erst sorgfältig durchlesen werde, bevor ich unterschreibe."

Wenn jemand diesen Dialog mitgehört hatte, konnten Sie sicher sein, dass das Inkognito von Braun gewahrt blieb.

Nachdem sie Platz genommen hatten, Wilhelm in seinem Sessel und Braun auf der Couch, eröffnete Wilhelm das Gespräch: „Wie steht's? Gibt es Neues zu berichten?"

„Hm, haben Sie heute die Zeitung gelesen? Oder Radio gehört?"

„Na klar, ich will doch wissen, wie es in unserem Fall weitergeht. Da die Bauarbeiten beim Nachbarn immer noch weiter gehen", Wilhelm lächelte, „nehme ich an, hier gibt es nichts Neues. Aber vielleicht in Düsseldorf?"

„Sie haben nichts gehört oder gelesen über den Mord auf dem Messeparkplatz?"

„Schon, aber was hat das mit dem Raub zu
tun? Moment! Soll das heißen, er hat?"

„Ja, der Tote ist Hermann Kleist, einer
der Geschäftsführer der beraubten Firma.
Ich muss Sie jetzt fragen: Sie haben nicht
Ihre Kenntnisse über den wahren Tatbestand
des Falles ausgenutzt, um Kleist zu
erpressen?"

Wilhelm zögerte: „Klar, Sie müssen das
fragen. Aber Sie wissen auch, dass dies
nicht der Fall ist. Wann soll dieser Mord
geschehen sein?"

„Das wissen wir ziemlich genau. Kleist
hat um neun Uhr zwanzig sein Haus
verlassen. Der Mord muss zwischen dieser
Zeit und etwa zehn Uhr dreißig geschehen
sein."

10

„Da bin ich aber froh, dass ich für diese
Zeit ein hieb- und stichfestes Alibi habe.
Um neun Uhr dreißig hatte ich einen Termin

bei meinem Arzt. Sie kennen sicher die
Wartezeiten bei den Ärzten. Um neun Uhr
vierzig war ich im Sprechzimmer und gegen
Viertel nach elf Uhr wieder Zuhause."

„Außer Ihnen - und natürlich meinen
Mitarbeitern und Vorgesetzten
kennt niemand den wahren Hintergrund dieses
Raubes. Was also
war das Motiv für diesen Mord, wenn nicht
Erpressung."

„Vielleicht hatte Kleist einen kleinen
Teil der Beute beiseite geschafft und
wollte ihn verkaufen? Eventuell auch mit
Wissen seiner Kumpanen?"

„Daran habe ich auch gedacht. Aber der
Verkauf von Diamanten wäre für die Täter
zum jetzigen Zeitpunkt gefährlich. Sie
müssten also in einer bedrängten Lage sein,
um ein solches Risiko einzugehen."

„Geldnot? Sie haben ja jetzt nichts, was
sie verkaufen können. Ihre Diamanten liegen
in einem Versteck, an das sie nur mit
großem Risiko herankommen. Andererseits

brauchen Sie Kapital, um neue Steine kaufen zu können. Denn ihre Versicherung wird sich Zeit lassen mit der Auszahlung der Versicherungssumme. Erst dann hat sich für sie der Raub gelohnt."

„Nein. Dieses Geld brauchen Sie, um neue Diamanten kaufen zu können und das Geschäft weiterzuführen. Denn das müssen sie zumindest für einige Zeit, um keinen Verdacht zu erregen. Der Coup hat sich für sie erst gelohnt, wenn sie die Diamanten illegal verkauft haben."

„Und wie geht es weiter?"

„Ich weiß es nicht. Der einzige sichere Beweis für ihre Schuld sind die Diamanten. Wie es scheint, machen sie keine Anstalten, sie aus dem Versteck zu holen. Der Fall benötigt für Beobachtung und Ermittlung eine Menge Beamte, die wir eigentlich nicht haben, und meine Vorgesetzten werden langsam ungeduldig. Mein Chef meinte schon, wir sollten die vier", er verbesserte sich,

„drei Verdächtigen einfach festnehmen und
dann den Wald umgraben. Irgendwo würden wir
die Diamanten schon finden."

„Vielleicht eine Lösung, vielleicht auch
nicht. Wenn bekannt wird, dass Sie hier im
Wald nach Diamanten suchen, erleben wir
hier ein neues Klondyke. Sie können
unmöglich über einen längeren Zeitraum den
gesamten Wald absperren."

„Sie mögen recht haben. Aber ich muss
möglichst schnell zu einer Lösung des
Falles kommen. Wir haben die drei
Verdächtigen wiederholt zur Einvernahme ins
Polizeipräsidium geladen. Aber sie
verwickeln sich nicht mal in Einzelheiten
in Widersprüche. Und die Kollegen vom
Morddezernat haben auch eine schwere Nuss
zu knacken. Die Untersuchung des Wagens des
Mordopfers hat keine Erkenntnisse gebracht.
Es ist nur sein Blut gefunden worden, also
hat kein Kampf mit Verletzung des Täters
stattgefunden. Keine Fingerabdrücke außer
denen des Opfers. Die Reifenspuren stammen

alle von ganz normalen Pneus, wie sie von den Autoherstellern auf die schweren Neuwagen aufgezogen werden. Lediglich eine Spur fällt aus dem Rahmen. Ein 55er Reifen, wie sie nur noch auf Kleinwagen gefahren werden."

„Vielleicht von einem jungen Liebespärchen, das dort auf dem Parkplatz ein Rendezvous hatte."

Braun erhob sich. „Ich habe Ihnen eigentlich viel zu viel erzählt. Aber nur, weil ich Vertrauen zu Ihnen habe und weiß, dass Sie dies nicht ausnutzen werden. Jetzt muss ich aber gehen, denn ich habe auch noch ein Rendezvous mit den Kollegen der Mordkommission."

Schumann und Kamp erhoben sich zur Begrüßung, als Braun ihr Büro betrat.

„Kaffee?" fragte Kamp.

„Ja danke, ein Kaffee wird mir jetzt gut tun", antwortete Braun. „Wie sieht es bei Euch aus?"

Schumann hob die Schultern. „Das, was wir

bisher wissen, haben wir Dir ja bereits am
Telefon gesagt. Das Geschoss, mit dem
Kleist getötet
wurde, stammt aus einer Neun-Millimeter-
Parabellum, eine bei uns hier eher seltene
Waffe. Der Schuss war nicht aufgesetzt, er
wurde aus etwa zehn Zentimeter Entfernung
abgegeben. Der Täter muss also im Wagen
gesessen haben, denn der Schusskanal geht
von rechts nach links. Die Kugel ist hinter
dem linken Ohr ausgretreten, ein Zeichen
dafür, dass der Schütze gesessen haben
muss. Bei einem stehenden Schützen hätte
der Schusskanal von oben nach unten gehen
müssen.
Es wundert uns nur, daß keinerlei Fäden
oder Flusen von der Kleidung des Täters auf
dem Sitz gefunden wurden. Lediglich einige
Hundehaare, nach Aussage der
Spurensicherung von einem Draht-
Haardackel."
   „Na prima", sagte Braun. „Immerhin etwas.
Ihr braucht doch nur noch nach einem Mann

zu suchen, der einen solchen Hund hat."

„Oder nach einer Frau", meinte Kamp.

Die beiden anderen sahen sich an. „Ganz recht", sagte Schumann, wir müssen auch eine Täterin in Betracht ziehen. Obwohl, eine Parabellum ist nicht gerade eine Frauenwaffe."

„Dafür passen aber Diamanten und Frauen gut zusammen."

Braun nickte. „Das stimmt zwar. Aber uns ist nicht bekannt, dass es in Hehlerkreisen eine Frau gibt. Zumal in solchen Dimensionen."

„Hehler pflegen auch nicht zu schießen", stimmte Schumann zu.

Braun erhob sich. „Ich glaube, für heute reicht es. Ich möchte gern nach Hause. Es lohnt nicht, noch mehr Überstunden zu machen", wobei er darauf anspielte, dass er nach so vielen Dienstjahren und guten Erfolgen immer noch Kommissar war, während seine Kollegen, mit denen er auf der Akademie gewesen war, inzwischen schon

Haupt-Kommissare waren.

Er fuhr nach Hause, um seine Tiefkühltruhe zu fragen, was es heute zum Abendessen gab.

Am nächsten Morgen regnete es. Das trug nicht gerade zu einer besseren Stimmung bei Kommissar Braun bei. Er hatte die halbe Nacht wach gelegen. Die Gedanken an den Fall, an dem er gerade arbeitete, ließ ihn nicht zur Ruhe kommen. Jetzt musste er durch den Regen zum Bus, und er hatte seinen Regenschirm im Wagen. Bis dahin würde er ganz schön nass werden. Er fuhr nicht mit dem Auto zum Dienst, denn Am Fürstenwall war es fast unmöglich, einen Parkplatz zu finden. Auf dem Hof des Polizeipräsidiums durften nur die höheren Dienstgrade parken.

Seine Laune war durch die Fahrt mit dem Bus und der wie immer überfüllten U-Bahn mit dem eigenartigen Geruch, den die nasse Kleidung der Mitfahrer ausströmte, nicht besser geworden. Auch nicht, als ihm Ralph Thoma mitteilte, dass Karin Hübner ihre Arbeit in der Diamantenhandlung wieder aufgenommen hatte.

„Sollen wir sie auch überwachen?" fragte Thoma.

„Um Gotteswillen nein", antwortete Braun. „Noch mehr Leute kriegen wir sicher nicht. Ich denke sowieso mit Schrecken daran, was ich mir nachher beim Chef wieder alles anhören muss".

„Ach übrigens, heute morgen kam die Meldung, dass in der vergangenen Nacht eine Bewegung im Wald beobachtet wurde. Gegen zehn Uhr, es war schon dunkel, zeigten beide Kameras eine Bewegung. Ein Mensch und wahrscheinlich ein Tier. Einer der beiden Beamten ging nach draußen, um nachzusehen. Es war eine Frau mit einem Hund. Sie war sehr erschrocken, als sie den Beamten sah. Er beruhigte sie und riet ihr, zu so später Stunde und bei Dunkelheit den Hund besser an beleuchteten und belebteren Orten auszuführen."

„War der Hund ein Rauhaardackel?" fragte Braun.

„Nein, ein Golden Retriver, warum?"

Braun winkte ab. „Ach, nur so. Die Kollegen von der Mordkommission haben im Wagen des ermordeten Kleist auf dem Beifahrersitz Hundehaare, vermutlich von einem Rauhaardackel, gefunden. Kleist hat aber gar keinen Hund gehabt."

„Dann hat also jemand im Wagen von Kleist gesessen, der einen Hund hat?"

„Ja, schon. Aber die Frage ist, hat dieser Hundebesitzer ihn auch erschossen? Oder hat es irgendwann vor dem Mord im Wagen gesessen? Die Hundehaare werden die Kollegen der Mordkommission auch nicht weiterbringen, denke ich. Gleich gehe ich mal rüber zu den Kollegen und frage sie, ob sie weitergekommen sind. Sie wissen also, wo ich bin, falls jemand nach mir fragen sollte."

Thoma nickte und begann in den vor ihm

liegenden Akten zu blättern, während Braun
das Büro verließ.

Schumann blickte nur kurz auf, als Braun
den Raum betrat. Er hatte den Kollegen wohl
schon erwartet, denn zwei noch leere Tassen
standen auf seinem Schreibtisch. Braun nahm
die Kanne von der Kaffeemaschine und goss
beide Tassen voll.

„Es gibt leider keine Fortschritte",
begann Schumann das Gespräch, „ich habe die
Spurensicherung nochmal heiß gemacht und
sie haben den Wagen von Kleist nochmal
untersucht. Keine Fingerabdrücke außer den
von Kleist. Aber in den Sachen, die die
Beamten aus dem Auto geholt hatten, fanden
sie zwischen einer ganzen Anzahl von
Parkquittungen eine, die nicht zu den
anderen passte. Sie passte nicht zu all den
anderen aus dem Parkhaus, in dem Kleist
parkte, wenn er im Geschäft war. Sie stammt
von einem Parkhaus in der Aktstadt und war
zwei Tage vor dem Mord abgestempelt. Und –

jetzt kommt's – auf der Rückseite war eine Notiz:;Muss Dich unbedingt sprechen. K`. Wer ist K?"

„Was ist mit der Handschrift?"

„Die Notiz ist in Blockbuchstaben geschrieben. Ger Graphologe meint, er könne nicht einmal sagen, ob sie von einem Mann oder einer Frau stamme."

Braun überlegte lange. „Wenn diese Notiz der Grund war, warum Kleist zu dem Messeparkplatz gefahren ist, dann muss doch vorher ein Telefonat zwischen ihm und dem Schreiber der Notiz stattgefunden haben. Kleist wird das Gespräch kaum vom Büro aus geführt haben. Wenn er also für seinen Privatanschluss einen Einzelgesprächsnachweis eingerichtet hat, dann muss man doch feststellen können, welche der in den beiden letzten Tagen geführten Gespräche zu einem Menschen namens K führen."

„Richtig. Ich habe dazu alles veranlasst."

Dieter Kamp betrat das Büro mit einer ziemlich langen Computerliste.

„Der Kleist ist ein Vieltelefonierer. Er hat in den letzten beiden Tagen zweiundzwanzig Telefongespräche geführt. Wir haben die Nummern überprüft, darunter ist keiner, dessen Namen mit K beginnt. Aber er hat vorgestern Abend mit der Buchhalterin aus seiner Firma telefoniert. Da sie seit gestern wieder arbeitet, hätte er dieses Gespräch auch im Büro führen können."

Braun war wie elektrisiert. „Die Hübner. Karin Hübner! Da habt ihr das K. Ich hätte nie gedacht, dass sie in den Fall verwickelt sein könnte."

„Noch wissen wir das ja auch nicht", antwortete Schumann. „Aber wieso habt ihr sie denn bisher nicht einvernommen?"

Braun schüttelte den Kopf. „Das war mir einfach zu gefährlich. Wir wiegen die Täter

in Sicherheit und da wollte ich bei ihnen
gar keinen Verdacht aufkommen lassen, dass
wir auch in ihrer Richtung ermitteln.
Außerdem war sie am Tag der Tat schon eine
Woche krank. Sollte sie aber im Vorfeld von
dem Plan gewusst haben, hätten wir mit
einer Vernehmung nur schlafende Hunde
geweckt."

Schumann nickte. „Das verstehe ich. Aber
ihr kommt in eurem Fall genau wie wir in
unserem nicht weiter. Ich denke darüber
nach, wie man die Täter veranlassen könnte,
eine Unvorsichtigkeit zu begehen.
Zum Beispiel den Versuch zu wagen, die
Beute aus dem Versteck zu holen."

„Das wäre die Lösung. Ich denke jetzt mal
laut. Da ist einer der Täter, der ganz in
der Nähe der versteckten Beute wohnt. Er
hat in dem Haus, das wissen wir inzwischen,
eine Eigentumswohnung. Im gleichen Haus
wohnt Siggi Wilhelm, ein Ruheständler, der
durch seine Aufmerksamkeit zu unserem

bisherigen Erfolg wesentlich beigetragen oder besser gesagt, ihn ermöglicht hat. Zudem wartet auf Ihn eine Belohnung von zehn Prozent der wiederbeschafften Beute. Nun haben diese Eigentümergemeinschaften soviel ich weiß, zweimal jährlich Versammlungen. Wenn Wilhelm bei einer solchen Versammlung nun das Gerücht ausstreut, dass auf dem Gebiet des Waldes der Bau von Einfamilienhäusern geplant ist und wenn dieses Gerücht von der Gemeindeverwaltung nicht zerstreut wird, könnten wir die Täter vielleicht zu einer Unvorsichtigkeit verleiten. Allerdings hätten wir in dem Fall nur eine Chance. Da dürfte nichts schief laufen. Die Frage ist, ob ich von meinem Chef das OK dazu bekomme und ob mein Gewährsmann dabei mitmacht."

„Die Idee ist glänzend", sagte Schumann anerkennend, „und ich denke, wenn ihr das in Kürze hinkriegt, kann ich die Vernehmung der Karin Hübner noch kurze Zeit zurückstellen. Aber ich werde den Lang auf jeden Fall vernehmen, allerdings nur, was den Mord an seinem Mitinhaber betrifft. Dabei kann ich ihm auch sagen, dass wir alle Mitarbeiter dazu noch mal vernehmen müssen."

Braun erhob sich. „Ich werde mit dem Chef sprechen und ihm klar machen, dass dies die einzige Möglichkeit ist, unseren Fall so schnell wie möglich zu Ende zu bringen. Wenn wir das schaffen, wird , so denke ich, die Vernehmung der Täter als Beschuldigte auch zur Lösung eures Falles beitragen."

Braun verabschiedete sich. Er war nicht so optimistisch, wie er sich in dem Gespräch mit Schumann und Kamp gegeben hatte. Das, was er vorhatte, lag immerhin außerhalb der Legalität und er fürchtete, dass sein Chef das nicht gutheißen würde. Aber ohne die Zustimmung seines Chefs konnte er nie die Leute zusammenbringen, die er für die geplante Aktion benötigte.

In seinem Büro angekommen, setzte sich Braun mit Thoma zusammen und erklärte ihm, was sie bei Schumann besprochen hatten. Sie gingen den Plan noch mal genau durch, stimmten alle Einzelheiten ab, kalkulierten die Anzahl der benötigten Beamten, um ganz sicher zu sein, dass im Fall des Falles kein Schlupfloch blieb. Wenn die Täter auf den Trick hereinfielen, konnte schon ein Teil der Beamten als Bauarbeiter oder Vermessungstechniker getarnt werden, wobei sicher gestellt sein musste, dass den Tätern noch genügend Raum blieb, um Ihre Beute auszugraben. Wenn man sie dann – möglichst alle – mit der Beute fassen konnte, war dieser in seiner Dienstzeit einmalige Fall gelöst.

Braun streckte sich, als alles schriftlich festgehalten war. Jetzt war er wieder optimistischer, dass er seinen Chef überzeugen konnte, seinem Plan zuzustimmen.

„So", sagte er dann zu Thoma, „jetzt

mache ich Feierabend. Zu Hause gehe ich den Plan nochmal durch und morgen Vormittag werde ich ihn dem Chef vorlegen."

Am nächsten Morgen war die Nervosität wieder da, die Braun immer dann überfiel, wenn ein Fall in seine entscheidende Phase ging. Er wollte nicht zu früh beim Chef erscheinen, wollte aber vorher auch keinem der Kollegen begegnen, also blieb er im Büro und ging die Pläne noch ein letztes Mal durch. Gern hätte er etwas gegessen, denn gestern abend hatte er kaum etwas gegessen und auch heute morgen hatte er keine Zeit für ein ordentliches Frühstück gehabt. Aber in die Kantine würde er erst gehen, wenn es das Gespräch mit seinem Chef hoffentlich erfolgreich abgeschlossen hatte. Wenn der Chef zustimmen würde, musste er auch noch die Gespräche mit Wilhelm und den zuständigen Beamten der Stadt führen. Erst wenn alle zustimmten, konnte der Plan Wirklichkeit werden.

Als Kommissar Braun sich gerade auf den Weg zu Kriminaloberrat Steuber machen wollte, wurde er über Funk angerufen. Es war der Beamte, der zur Überwachung der Geschäftsräume der Diamantenfirma eingeteilt war.

„Was gibt:s?" fragte Braun.

„
Die Karin Hübner ist gerade vorgefahren. Sie fährt einen von diesen Kleinwagen, zu dem die Reifenspur auf dem Messeparkplatz beim Auto des ermordeten Kleist passen könnte."

„Hm, der Gedanke ist nicht abwegig. Wenn ich auch er Meinung bin, dass eine Magnum als Tatwaffe für eine Frau nicht in Frage kommt. Aber man sollte der Hübner vielleicht doch ein bisschen mehr Aufmerksamkeit widmen. Ich werde sie heute Abend mal besuchen.
Danke und Ende."

Kurze Zeit später machte sich Braun auf den Weg zu seinem Chef. Er hatte sich telefonisch angemeldet und wurde sofort vorgelassen.

„Ich hoffe, Sie bringen mir gute Nachrichten", empfing ihn Steuer.

„Wie man es nimmt", antwortete Braun. „Wir haben leider noch keine Fortschritte gemacht. Weder in unserem Fall noch in dem der Mord

. Ohne den Beweis – die Beute – können wir den vorgetäuschten Raubüberfall nicht nachweisen. Aber ich habe zusammen mit Schumann und Kamp einen Plan entwickelt, der zur Aufklärung des Falles führen könnte." Er erläuterte Steuber präzise den entwickelten Plan und wollte ihm anschließend seine Aufzeichnungen übergeben, als Steuber eine abwehrende Handbewegung machte. „Moment noch", sagte er. „Braun, ich weiß, Sie sind ein guter und erfolgreicher Beamter. Diese Sache hier

ist - wie bereits einige von Ihnen vorher -
außerhalb der Legalität, oder zumindest am
Rande.

Sie waren mit solchen Praktiken oftmals
erfolgreich, aber manchmal nicht, und Sie
wissen genau wie ich, wie sehr dass Ihrer
Karriere geschadet hat. Wenn Sie mich in
diesem Fall zum Mitwisser machen,
dann legen Sie die Verantwortung damit in
meine Hände. Das kann ich mir nicht
erlauben. Stellen Sie sich den Sturm in den
Medien vor, wenn das schief läuft. Dann ist
es nicht mehr eine kleine Sache, wo ein
kleiner Beamter mit nicht legalen Mitteln
einen Erfolg haben wollte, sondern dann
wird es zu einem Politikum. Die Polizei hat
in der Bevölkerung leider nicht den besten
Ruf und wir können uns nicht erlauben,
etwas zu tun, was diesen Ruf weiter
verschlechtert. Andererseits könnte ein
Erfolg in diesem Fall, der zusammen mit dem
Mord an diesem Kleist schon eine Menge
Staub in den Medien aufgewirbelt hat, zu

einer Verbesserung unseres Rufes beitragen. Wenn Sie den Mut haben, diese Sache alleine durchzuziehen und die alleinige Verantwortung übernehmen, wenn die Sache schief läuft, dann tun Sie es."

„Ich verstehe", sagte Braun, „und ich versichere Ihnen, dieses Gespräch hat niemals stattgefunden. Aber Thoma weiß von meinem Termin bei Ihnen. Ich werde ihm sagen, Sie haben den Plan abgelehnt, aber ich werde ihn durchführen und ich bin sicher, er wird mitmachen. Ein Problem gibt es aber noch: Von wo bekomme ich die Beamten, die mir sozusagen beim „Schlussangriff" zur Verfügung stehen müssen?"

„Ich werde veranlassen, dass Sie die Leute, die Sie brauchen, bekomme. Ich habe das genehmigt, ohne genau zu wissen, zu welchem Zweck sie benötigt werden."

„Dann werde ich auf meine Verantwortung die Sache durchziehen.
Ich melde mich rechtzeitig, damit Sie mir

die benötigten Beamten – ich brauche gute
Leute – genehmigen können.

„Sie bekommen die Besten!" antwortete
Steuber.

Zum Abschied gab Steuber Braun die Hand,
nickte und sagte „Alles Gute für Ihren
Plan."

Braun atmete tief durch, als er wieder in
seinem Büro war. Er wusste um das Risiko,
das er eingehen würde, wenn er seinen Plan
ohne die Rückendeckung seines Vorgesetzten
durchführen würde. Die Frage war: Konnte er
seinen Mitarbeiter in die Sache
hineinziehen. Thoma war ein Beamter mit den
besten Beurteilungen und damit der Aussicht
auf eine erfolgreiche Karriere. Durfte er
von ihm verlangen, dies auf:s Spiel zu
setzen?

Thoma kam herein. Er hatte mit Spannung
auf die Rückkehr seines Chefs gewartet.
„Und?" frage er.

Braun hob die Schultern. „Er hat

abgelehnt. Er hat sogar darauf bestanden,
dass dieses Gespräch nicht stattgefunden
hat."

„Und jetzt."

Braun schaute Thoma lange an. „Ich werde
es machen. Aber ohne Sie."

„Wieso ohne mich. Halten Sie mich für
nicht fähig genug, die mir zugedachten
Dinge zu erledigen?"

„Oh nein. Aber die Sache ist zu riskant.
Wissen Sie eigentlich, was für Sie auf dem
Spiel steht, wenn die Sache schief Läuft?
Disziplinar-
verfahren, Rückstufung. Gehaltskürzung,
Beförderungsstopp, im schlimmsten Fall
Suspendierung."

„Na und", antwortete Thoma lächelnd, „wir
sind als Polizisten doch immer einem Risiko
ausgesetzt. Und ich finde, dieses ist es
wert, dass
man sich ihm aussetzt. Also, ich bin
dabei."

„Gut. Aber ich muss Ihnen noch einmal

sagen, ich kann, wenn es schief läuft, nichts für Sie tun!"

Die beiden Männer gaben sich die Hand.

„Möge es gelingen", sagte Braun „Ich möchte nicht in meiner Haut stecken, wenn es schief läuft."

Braun verließ um 17.30 Uhr sein Büro. Er wusste, dass bei Kleist und Lang um siebzehn Uhr Feierabend war und er wollte Karin Hübner zu Hause aufsuchen. Wenn sie vom Büro sofort nach Hause gefahren war, würde er sie sicher antreffen. Vom Polizeipräsidium bis zur Graf-Recke-Straße waren die Verbindungen des ÖPNV nicht die besten und so war er mit dem eigenen Wagen gekommen. Trotz des Berufsverkehrs war er gegen 18 Uhr vor dem Haus angekommen, in dem Karin Hübner wohnte. Er fand sogar einen Parkplatz, direkt hinter dem kleinen gelben Wagen, der nach der Beschreibung seines Kollegen das Auto von Karin Hübner sein musste. Sie war also zu Hause. Im

Vorbeigehen fühlte der kurz auf die Motorhaube. Sie war noch warm.

Auf sein klingeln drückte Karin Hübner fast sofort auf den Türöffner. Sie erwartete ihn an der Wohnungstür. Braun stellte sich vor und zeigte seinen Dienstausweis. Karin Hübner zögerte nur kurz, bat ihn dann, näher zu treten und ging voraus in die Wohnung.

„Bitte setzen Sie sich". Sie deutete auf einen Sessel in dem kleinen, aber hübsch eingerichteten Wohnzimmer. „Ich weiß nicht, was Sie von mir wollen, aber das werden Sie mir sicher gleich sagen."

„Nun", antwortete Braun, „Sie werden sicher verstehen, dass wir Sie nach dem Überfall auf die Firma, in der Sie arbeiten, sowie dem Mord an Ihrem Chef befragen müssen."

Karin Hübner nickte. „Schon, aber ich weiß , wie ich Ihnen helfen kann. Sie wissen, dass ich während des Überfalls krank und somit nicht in der Firma war."

Braun hatte sich inzwischen im Zimmer umgesehen. Das Hunde-Körbchen war ihm dabei nicht entgangen, aber er beschloss, noch nicht auf den Hund zu sprechen zu kommen.

„Aber es könnte doch sein, dass Sie im Vorfeld des Überfalls irgend etwas Ungewöhnliches bemerkt haben. Ihr Büro hat Fenster zur Straße und vielleicht haben Sie Leute bemerkt, die das Haus beobachtet haben oder einen Wagen, der längere Zeit und über mehrere Tage vor dem Haus parkte und in dem eine oder mehrere Personen saßen."

Karin Hübner schüttelte den Kopf. „Ich bin – sie verbesserte sich – ich war neben meiner Tätigkeit als Buchhalterin auch noch als Sekretärin für Herrn Kleist tätig. Da gibt es viel zu tun und außerdem kann ich von meinem Schreibtisch aus nicht auf die Straße sehen."

Braun deutete auf das Hundekörbchen. „Sie haben einen Hund?"

„Ja", sagte Karin Hübner.

„Sie nehmen ihn aber nicht mit zur Arbeit?"

„Nein, ich gehe morgens mit ihm Gassi und am Nachmittag führt ihn ein Junge aus der Nachbarschaft aus. Er holt ihn immer ab, wenn ich von der Arbeit komme. Er ist auch jetzt mit ihm unterwegs."

„Ist dieser Hund ein Rauhaardackel?" fragte Braun.

Karin Hübner nickte bestätigend und fuhr fort: „Warum interessieren Sie sich so für meinen Hund?"

Braun schaute ihr fest in die Augen: „Wir haben auf dem Beifahrersitz im Auto von Kleist Hundehaare gefunden."

„Aber ich habe den Hund nie..." Karin Hübner stockte.

„Sie haben den Hund nie mitgenommen, wenn Sie mit Herrn Kleist im Auto unterwegs waren. Das wollten Sie doch sagen?"

Karin Hübner nickte nur. Tränen standen in ihren Augen.

Braun hakte sofort nach.

„Sie hatten ein Verhältnis mit Herrn Kleist."

„Ja. Aber es war nicht nur ein Verhältnis, wir wollten heiraten. Ich bin schwanger."

Sie versuchte, ihre Tränen wegzuwischen. Braun reichte ihr sein Taschentuch und sagte: „Sie waren auch am Mordtag mit Herrn Kleist verabredet. Er wollte von einer Heirat nichts mehr wissen, es gab einen Streit und Sie haben ihn erschossen."

„Nein, nein", Karin Hübner schrie fast. „Es war alles ganz anders. Wir wollten in der kommenden Woche nach Gretna Green fliegen, um dort zu heiraten. Es sollte noch ein Geheimnis bleiben. Hermann wusste, dass sein Partner mit dieser Heirat nicht einverstanden sein würde. Wir wollten uns eine eigene Existenz aufbauen und Hermann wollte aus der Firma ausscheiden. Mit seinem Anteil wollten wir uns in Bayern ein Hotel kaufen."

„Und warum haben Sie ihn dann umgebracht?"

„Aber ich habe ihn doch nicht umgebracht! Als ich auf den Parkplatz fuhr, stand die Beifahrertür offen und ich konnte Hermann nicht sehen. Erst als ich neben ihm parkte, sah ich ihn zusammengesunken auf dem Fahrersitz liegen. Er war tot. Tot, verstehen Sie? Der Vater meines Kindes, der Mann, den ich geliebt habe, war tot."

„Warum haben Sie nicht die Polizei alarmiert?"

Karin Hübner hob die Schultern: „Ich weiß es nicht. Ich war in Panik.Ich musste zur Firma, ich - ach ich weiß es nicht."

„Aber wie haben Sie in der Firma denn verbergen können, was Sie Schreckliches erlebt haben?"

„Ich weiß es nicht. Ich weiß nicht einmal, wie ich in die Firma gekommen bin. Ich bin zur Toilette gegangen, habe mir die

Tränen abgewischt, dann war ich ja allein
in meinem Zimmer. Dort habe ich nur darauf
gewartet, dass die Polizei auftaucht. Ich
kann Ihnen alles, was ich ihnen gesagt
habe, beweisen. Hermann und ich wollten uns
auf dem Parkplatz treffen, damit ich ihm
alle Unterlagen für unsere Reise – und
unsere Hochzeit übergeben konnte. Ich habe
alles geregelt. Hier,"
sie nestelte in ihrer Handtasche, „sind
alle Unterlagen." Sie gab Braun die
Papiere, wohlgeordnet in einer
Plastikhülle.

Braun schaute sich die Papiere an,
während er nachdachte. Alles, was Karin
Hübner gesagt hatte, wurde durch die
Papiere bestätigt. Sein Verdacht, dass die
beiden Straftaten in einem engen
Zusammenhang standen, verdichteten sich
immer mehr.

Er wandte sich wieder der jungen Frau zu,
die immer noch bemüht war, ihre Tränenflut

zu stoppen. „Ich kann Ihnen keinen Trost geben. Es ist schlimm, wenn man den Menschen, den man liebt, verliert. Egal, ob durch Tod oder auf andere Art und Weise. Aber ich verspreche Ihnen, dass wir alles in unserer Macht stehende tn werden, um den Mörder von Kleist zu finden. Dazu brauche ich Ihre Hilfe."

„Aber wie kann ich Ihnen helfen?"

„Es wird nicht einfach für Sie sein. Sie müssen Ihre Tätigkeit im Büro weiterhin ausüben, mit einer Trauer, wie sie ein junger Mensch fühlt, der seinen Chef verloren hat. Es ist für unsere Ermittlungen sehr wichtig, dass Ihre Beziehung zu Hermann Kleist weiterhin ein Geheimnis bleibt."

Karin Hübner nickte. „Wenn ich Ihnen – und mir – damit helfen kann. Allerdings muss ich in der nächsten Woche meinen geplanten Urlaub antreten, es sei denn, man bittet mich, ihn zu verschieben, weil ich als Sekretärin von Hermann mit seinen Geschäften am besten vertraut bin."

„Das wäre eine gute Lösung. Nun noch etwas: Sollte Ihnen etwas auffallen, was Ihnen merkwürdig vorkommt, lassen Sie es mich wissen. Aber bitte rufen Sie mich nur von hier an, auf keinen Fall aus der Firma.Hier ist meine Karte. Sie können mich auch Zuhause anrufen."

Braun verabschiedete sich, wobei er beide Hände von Karin Hübner länger als üblich in den seinen hielt.

Kommissar Braun hatte keine gute Nacht gehabt. Er konnte seine Gedanken an sein Gespräch mit der jungen Frau von gestern abend nicht abschalten. Sie war jung und sehr hübsch, aber das war es nicht, was ihn beeindruckt hatte. Junge hübsche Beamtinnen gab es auch im Polizeipräsidium. Nein, was ihn beeindruckt hatte, war, dass diese Frau tiefe Gefühle entwickeln konnte, was ansonsten der jungen Generation, wie er fand, abhanden gekommen war. Aber noch mehr machte ihm zu schaffen, was er gehört hatte. Der Fall hatte für ihn eine ganz neue Perspektive erhalten.

Im Büro bat er Ralf Thoma als erstes, Schumann und Kamp von der Mordkommission zu sich zu bitten. Während Thoma sich eine Tasse Kaffee eingoss, klopfte Schumann Braun auf die Schulter und Meinte: „Wenn Du uns vor dem Frühstück zu Dir bittest, wirst Du uns sicher den Täter servieren."

„Die Täterin", antwortete Braun. „Nein, im Ernst, ich glaube, wir müssen von einer ganz neuen Konstellation ausgehen." Er gab den dreien eine detaillierte Schilderung seines Gespräches mit Karin Hübner und kam dann zum Erstaunen seiner Kollegen zu einer gewagten Schlussfolgerung: „Fakt ist, es waren vier Männer, die die Diamanten im Wald bei Hochdahl vergraben haben. Fakt ist weiter, dass diese Männer mit dem Wagen des Lang vorgefahren sind und dass einer der vier in dem Haus in der Nähe des Waldes wohnt und Mitarbeiter der Diamantenhandlung ist. Aber – war auch Kleist unter diesen Männern?"

Eine Minute herrschte Stille. Dann sagte Schumann: „Du hast recht. Wenn Kleist in diesen Plan nicht eingeweiht war, er andererseits aber von dem tatsächlichen Ablauf – wie auch immer – Wind bekommen hat, dann stellte er eine Gefahr für die anderen dar. Nur, keiner der drei kommt für den Mord als Täter infrage, denn sie waren zum Zeitpunkt der Tat, wie unser Kollege, der vor dem Firmengebäude observiert, bestätigt, bereits im Büro beziehungsweise unmittelbar danach. Gehen wir davon aus,

dass es einen anderen vierten Mann gab,
dann kommt er als Täter infrage. Das alles
gilt natürlich nur, wenn Deine These
richtig ist."

Braun nickte. „Wenn es diesen Mann gibt,
dann werden wir ihm am ehesten beikommen,
wenn wir erst einmal den anderen Fall
lösen. Dazu muss Thoma einmal referieren,
wie weit er gestern mit unserem Plan
gekommen ist."

„Es war, wie wir schon vermutet hatten,
nicht ganz einfach. Ich konnte ja nur mit
dem Leiter des Liegenschaftsamtes sprechen,
denn nur wenn wir so wenig Mitwisser wie
möglich haben, können wir die Geheimhaltung
garantieren," erklärte Thoma, „und es ist
klar, dass er nicht erbaut von unserem
Ansinnen war. Wenn davon etwas
durchsickert, dann haben wir eine
Bürgerinitiative am Hals, war seine erste
Reaktion. Erst als ich ihm erklärte, dass
ja der angebliche Plan, den stadteigenen
Wald abzuholzen und das Gelände für eine

Siedlung zu erschließen, nicht öffentlich
gemacht werden sollte, sondern dass er nur
einem ganz bestimmten Herrn, der sich
danach erkundigen würde, eine vage
Bestätigung geben solle, willigte er ein.
Jetzt liegt es also an Siggi Wilhelm, bei
der Eigentümerversammlung diesen Herrn dazu
zu bringen, dass er Erkundigungen bei der
Liegenschaftsverwaltung einholt."

    „Gut, dass klappt also. Jetzt muss ich
nur noch mal mit Herrn Wilhelm sprechen. Er
ist zwar schon ein älterer Herr, aber
clever genug, das über die Bühne zu
bringen. Soviel ich weiß, ist diese
Eigentümer-
versammlung schon am Ende dieser Woche. Ich
werde Wilhelm also gleich   besuchen. Wenn
alles so klappt, wie wir uns das denken,
dann muss bereits am Abend der Versammlung
alles bereit sein. Wir werden also bereits
morgen ein bisschen Baugerät anfahren
lassen, um dem Gerücht Beweiskraft zu
geben. Mit dem Gerät kann die Stadt

anschließend den Weg am Waldrand
ausbessern. Den Vorschlag werde ich ihnen
machen."

Anschließend an das Gespräch ging Braun zu
Kriminalrat Steuber.

„Ich brauche die versprochenen Leute
bereits am Donnerstagabend", sagte er.

„Kein Problem", antwortete Steuber. „Ich
war inzwischen nicht untätig in dem Fall.
Dreißig Leute stehen am Mittwoch zur
Einweisung bereit.

Am besten machen Sie die im
Besprechungsraum 3, der liegt so weit
abseits, dass Ihr ganz sicher nicht von
ganz oben gestört werdet. Im übrigen
veranlasse ich eine weiträumige Absperrung
aller Straßen. Da kommt keine Maus durch,
das garantiere ich Ihnen. Das machen wir
mit unseren eigenen Leute, die anderen
kommen vom GS 9. Die sind froh, wenn sie
auch mal eine Aufgabe bekommen, die nicht
ganz so gefährlich ist. Anstatt
schusssicheren Westen mal Bauarbeiter-

klamotten, Spaziergänger mit Hund oder Liebespärchen, das ist sicher eine Abwechslung für die Kollegen."

„Bei dieser Organisation muss es ganz einfach klappen", antwortete Braun.

„Ich drücke Ihnen die Daumen. Ein Erfolg wäre für alle wichtig. Ich bekomme langsam Ärger, weil ich so viele Leute für die Observierung und für die Bewachung des Waldes benötige."

„Das hat, so hoffe ich, am Donnerstag oder Freitag ein Ende. Im übrigen erhoffen wir uns bei einem Erfolg auch Fortschritte im Mordfall Kleist. Diese beiden Fälle scheinen mehr Gemeinsamkeiten zu haben, als wir im Anfang gedacht haben."

Braun verabschiedete sich und fuhr anschließend mit U-Bahn und Bus nach Hause. Hier stieg er gleich in seinen Privatwagen, um als Versicherungsvertreter zu Wilhelm nach Hochdahl zu fahren.

Als Braun klingelte, meldete sich

Wilhelm über die Türsprechanlage.

„Hier ist noch mal die Allianz", sagte Braun. „Ich habe leider noch ein paar Fragen."

„Kommen Sie herein;" antwortete Wilhelm und drückte den Türöffner.

Fragend sah Wilhelm Kommissar Braun an, als der auf der Couch im Wohnzimmer Platz genommen hatte.

Braun kam sofort zur Sache. „Ich brauche noch einmal Ihre Hilfe", sagte er.

„Meine Hilfe? Aber was kann ich schon für Sie tun?"

„Am Donnerstag ist doch Eigentümerversammlung, richtig?"

Wilhelm nickte „Richtig".

„Gehen Sie hin?"

Wilhelm lächelte. „Wenn Sie so fragen, erwarten Sie, das ich ja sage."

„So ist es". Braun lächelte zurück. „Und dort können Sie uns helfen. Ich erkläre es Ihnen. Ich möchte, dass Sie sich so nahe wie möglich zu Ihrem Nachbarn - Sie wissen schon - setzen. Im Laufe der Versammlung fragen Sie ihn, ob er auch schon von dem Gerücht gehört habe, dass man den Wald hinter dem Haus abholzen wolle, um dort eine Siedlung zu bauen."

„Das ist alles?"

„Das ist alles!"

„Keine sehr schwere Aufgabe, wenn mein Nachbar kommt."

Braun nickte gedankenverloren.

„Das ist die Schwachstelle" seufzte er. „Noch eine Bitte. Wenn Sie ihm dieses Gerücht nahebringen können, dann nehmen Sie, wenn sie aus dem Bürgerhaus kommen, ein Taschentuch und schneuzen sich. Bitte nicht vergessen!"

„Geht klar. Alzheimer habe ich noch nicht. Ich drücke Ihnen die Daumen."

„Wie es scheint, tun das alle. Hoffentlich hilft es. So, jetzt verschwinde ich wieder. Man soll ja keinen Verdacht schöpfen, wenn ich zu lange bei Ihnen bleibe.

Während Braun zu seinem Wagen ging, rieb sich Wilhelm die Hände.

So ein kleines Abenteuer brachte doch etwas Spannung in den sonst eher tristen Alltag. Auch der Gedanke an die Belohnung spielte ein bisschen mit hinein. Er brauchte zwar nicht mehr allzuviel, aber es gab eine Menge Leute, denen er noch gerne eine Freude machen wollte.

Am Mittwochnachmittag drängten sich dreißig Leute in dem kleinen Konferenzraum im Polizeipräsidium, als Braun eintrat. Er begrüße sie und gab einen kurzen Aufriss über den Fall, den Sie morgen, so hoffte er, lösen wollten. Dann ging er an Hand einer vergrößerten Karte in die Einzelheiten, teilte die Leute ein und sagte dann, leicht lächelnd: „Jetzt brauche ich noch vier Leute, nicht zu groß und ohne Schnurrbart, für eine Spezialaufgabe."

Nur zögernd gingen die Hände hoch. Braun

suchte vier aus und machte sie mit ihrer Aufgabe vertraut. „Sie werden sehr zum Gelingen der Aktion beitragen. Und zwar als Frauen."

Allgemeines Gelächter brandete auf. Braun stoppte es mit einer Hand-Bewegung. „Gott sei dank müssen Sie weder Kleider noch Stöckelschuhe tragen. Junge Frauen gehen heute auch mit Jeans und flachen Schuhen. Aber in den Bewegungen sollten Sie schon feminin wirken. Dazu werden Sie morgen Perücken bekommen und eine Unterweisung im Schminken. Es ist nun mal so, dass Liebespaare unverdächtig sind, weil sie sich mit sich selbst beschäftigen und für die Umgebung keinen Blick haben. Sie werden voraussichtlich nicht nahe an die Verbrecher herankommen, aber dennoch: Bitte erst am Nachmittag rasieren. Ihre Geliebten können sich die vier aus den anderen Kollegen aussuchen. Gibt es noch Fragen?"

„Was ist mit Schusswaffen?"

„Fünfzehn Leute werden mit
kleinkalibrigen Pistolen ausgestattet. Im
Notfall wird also in jedem Fall ein
bewaffneter Kollege in der Nähe sein.
Nochmal: Nur die angesprochenen Waffen
werden mitgeführt. Jeder hat aber
Handschellen dabei. Wir rechnen mit zwei
bis vier Personen."

„Wie wird der Funkverkehr abgewickelt?"

„Jeder erhält eines der neuen kleinen
Funksprechgeräte. Sie können zum Beispiel
in der Hemdentasche getragen werden, ähneln
Handys. Man kann sprechen, ohne das Gerät
aus der Tasche zu nehmen. Dazu gibt es
einen drahtlosen Ohrhörer. Gesprochen wird
nur zur Zentrale beziehungsweise von der
Zentrale. Sie erhalten rechtzeitig
Information, wenn die Zielpersonen sich
nähern. Ganz wichtig: Eine Festnahme darf
nur erfolgen, nachdem die Zielpersonen die
Beute ausgegraben haben.
Ist das klar?"

Allgemeines zustimmendes Nicken. Braun

nochmal mit Nachdruck: „Wenn jemand noch etwas unklar ist, jetzt können alle Fragen geklärt werden, morgen ist es zu spät."

Braun schaute in die Runde. „Keine Fragen mehr, gut. Dann gehen Sie jetzt bitte in Ihre Hotels, von wo aus sich jeder morgen Nachmittag rechtzeitig auf seine Position begibt. Die „Damen" geben mir bitte die Adresse ihres Hotels, damit ich morgen Mittag die Kolleginnen zum Schminken und Ankleiden schicken kann."

Nachdem die dreißig Kollegen einzeln und in kleinen Gruppen das Polizeipräsidium verlassen hatten, gönnte sich Braun zusammen mit Thoma und den Kollegen der Mordkommission einen Kaffee. „Haben wir nichts vergessen?" fragte er.

„Ich denke nicht," sagte Schumann. „Wir haben einen der verlässlichsten Beamten vor dem Bürgerhaus, müssen allerdings morgen mittag die Funkstrecke nochmal überprüfen, denn hier darf es keine Panne geben."

„Gut. Dann machen wir jetzt Schluss.
Jeder sollte sich nochmal Gedanken machen.
Wenn wir was vergessen haben, ruft mich an,
auch in der Nacht. Für Euch", wandte er
sich an Schumann und Kamp, fängt ja alles
eigentlich erst an, wenn wir die Bande
geschnappt haben. Ich hoffe für Euch, dass
wir den vierten Mann auch erwischen. Das
würde alles viel leichter machen."

„Wenn es diesen vierten Mann gibt. Hoffen
wir es," Schumann schien immer noch
skeptisch, für ihn war Karin Hübner immer
noch verdächtig,

Kleist umgebracht zu haben. Gerne hätte er
einen Haftbefehl gegen sie beantragt, aber
das hätte die Gauner unnötig misstrauisch
gemacht. Man musste abwarten, was der
morgige Tag bringen würde. Er erhob sich.
„Ich mache Schluss für heute," sagte er,
„bis morgen."

Auch die anderen machten sich auf den Weg

nach Hause.

Nun war er also da, der Tag der Entscheidung. Kommissar Braun wurde schon früh wach nach einer Nacht mit wenig Schlaf. Immer wieder fragte er sich, ob er nichts übersehen hatte. Aber sie hatten alles präzise geplant, die besten Leute mit den modernsten Hilfsmitteln standen zu ihrer Verfügung. Verständigung untereinander war durch die neuen kleinen Funkgeräte gewährleistet. Sechs Leute hatten zudem Nachtsichtgeräte, und alle Zugangsstraßen waren durch einheimische Beamte abgesperrt. Ein Misserfolg konnte das Ganze nur werden, wenn die Gauner nicht mitspielten. Und da war noch die Frage: Würden Sie den Versuch, ihre Beute abzuholen, heute machen? Oder erst morgen? Es war wichtig, dass die Aktion so schnell wie möglich über die Bühne ging. Ein so großes Aufgebot an Beamten war in einer so

kleinen Gemeinde – einem Vorort vom Vorort
von Düsseldorf, wie Thoma mal gesagt hatte
– nicht einfach geheim zu halten. Er hatte
seine Leute zwar auf einige Hotels verteilt
– zum Teil sogar im Osten von Düsseldorf –
aber die Gefahr, dass selbst die
Angestellten der Hotels über so eine Menge
von Gästen erstaunt waren und ihren
Bekannten davon erzählten, war groß. Und
die Spannung der Beamten ließ auch nach,
wenn die Wartezeit zu lang war.

In der Nacht hatte Braun noch eine – wie
er meinte – gute Idee gehabt, an deren
Ausführung er sich sofort machte, als er im
Büro war. So kam es, dass gegen Mittag ein
Wagen der Stadt mit vier Leuten in Overalls
und rot-weiß gestreiften Westen am Waldrand
vorfuhr. Sie vier begannen sofort mit
Messlatten und langen Bandmassen zu
hantieren. Braun war sicher, dass dies von
einem Fenster des Hauses, in dem ein
Mitarbeiter des Diamantenhandels wohnte,

argwöhnig beobachtet wurde. Das Telefon von
Walter Heberling wurde abgehört und Braun
wartete ungeduldig darauf, dass man ihm
mitteilte, dass Frau Heberling ihren Mann
in der Firma anrufen würde. Das geschah
dann auch, aber Heberling beruhigte seine
Frau und meinte: „Man hatte von der Stadt
schon lange vor, den Weg zur Tankstelle
auszubessern. Das wird wohl jetzt in
Angriff genommen. Ich komme heute erst
später nach Hause, denn ich fahre sofort
vom Büro zur Eigentümer-
versammlung."

Der letzte Satz freute Braun. Jetzt
wusste er, dass alles planmäßig ablaufen
würde, wenn Siggi Wilhelm Gelegenheit haben
würde, mit Heberling das vereinbarte
Gespräch zu führen.

Auch Siggi Wilhelm hatte die Aktivitäten
am Waldrand mit einem Lächeln gesehen. Ein
schlauer Fuchs, dachte er, denn ihm war
klar, dass wenigstens zwei der Arbeiter

Polizeibeamte waren. Wilhelm machte sich schon zeitig auf den Weg zur Eigentümerversammlung, denn er wollte sicher sein, dass er einen Platz zumindest in der Nähe von Heberling finden würde. Als er den Raum, in dem die Versammlung stattfinden sollte, betrat, war Heberling schon da. Er setzte sich auf den Stuhl neben ihm und grüßte. Heberling nickte nur. Da noch zwanzig Minuten bis zu Beginn der Versammlung Zeit war, überlegte Wilhelm, ob er schon jetzt von dem Gerücht reden sollte. Heberling nahm ihm die Entscheidung ab. Er sagte: „Meine Frau hat mich heute im Büro angerufen und erzählt, dass man am Waldrand mit Vermessungen begonnen hat. Haben Sie davon etwas mitgekriegt?"

Wilhelm verneinte. „Aber das wundert mich nicht." Er nickte vor sich hin, als wolle er sich selbst bestätigen.

„Wieso wundert Sie das nicht?", fragte Heberling, der plötzlich interessiert wirkte.

„Ja, haben Sie denn nicht von dem Gerücht
gehört, dass man zumindest einen Teil des
Waldes abholzen will, um entlang des Weges
zur Tankstelle eine Reihe von Eigenheimen
zu bauen? Diese Vermessungsarbeiten deuten
für mich darauf hin, dass dies nicht nur
ein Gerücht ist."

Aber das kann man doch nicht so einfach
machen. Eine Nutzungsänderung des
Bauleitplanes muss doch offengelegt
werden."

„Na klar, aber wenn man schon vorher
Tatsachen schafft, wie zum Beispiel durch
das Abholzen von Bäumen, ist es einfacher,
eine Nutzungsplanänderung durchzusetzen.
Die Leute sagen dann doch, was soll es, die
Bäume sind sowieso hin, sollen sie doch die
Häuser bauen."

Heberling wurde nervös. Er nahm sein
Handy aus der Jackentasche und sagte: „Ich
muss noch mal kurz telefonieren", und

verließ den Raum. Wilhelm wäre gerne heraus
gerannt, um das Ergebnis seines Gespräches
mit Heberling mitzuteilen. Aber er wusste,
dass er damit den Erfolg der geplanten
Aktion gefährden könnte. Außerdem kannte er
den Mann ja nicht, dem er mit seinem
Schneuzen ein Zeichen geben sollte.

Die Eigentümerversammlung verlief, wie
sie fast immer verlaufen, Entlastung des
Vorstandes, Neuwahl des Beirates,
Jahresbericht,
Jahresplan für das laufende Jahr,
Verschiedenes. Bereits nach einer guten
Stunde war die Versammlung zu Ende.
Heberling war übrigens nach der Entlastung
des Vorstandes wieder zurückgekommen. Er
hatte während des gesamten Ablaufs fast
teilnahmslos und in Gedanken da gesessen
und man merkte ihm an, dass er froh war,
als die Veranstaltung zu Ende war.

Wilhelm trat erst aus dem Bürgerhaus, als
die meisten Mitbewohner schon auf dem

Heimweg waren. So war er sicher, dass seine Kontaktperson ihn auch sehen würde, wenn er sich schneuzte. Dann

Machte auch er sich zu Fuß auf den Heimweg, wobei er den Weg über den Waldweg wählte. Er war überrascht, dass der Weg wie immer ruhig und menschenleer vor ihm lag. Eine Frau mit ihrem Hund waren die einzigen Lebewesen, denen er begegnete. Zuhause angekommen, setzte er sich auf die Terrasse und sah drei jungen Burschen zu, die langsam den Fußweg heruntergingen. Sie trugen T-Shirts, Jeans und Basketballschuhe und warfen sich während des Gehens einen Basketball zu. Sicher waren sie auf dem Weg zur Turnhalle. Wilhelm war sich sicher, dass die leicht ausgebeulten Jeans-Taschen Funkgeräte oder Pistolen verbargen. Einer der drei trug außerdem noch einen Rucksack.

   In der Jahreszeit war es lange hell und Wilhelm war klar, dass die Gauner - wenn überhaupt - erst nach Einbruch der Dunkelheit kommen würden, um ihre Beute

abzuholen. Wie auch immer, er ging hinein,
schaltete den Fernseher ein und sah die
Tagesschau. Danach, wie immer donnerstags,
im WDR einen Tatort. Vorher hatte er die
Rolladen heruntergelassen und während des
Tatorts lauschte er immer wieder nach
draußen, aber bis auf Stimmen von auf dem
Weg gehenden Menschen blieb alles ruhig.
Morgen früh würde er erfahren, wie es
gelaufen war. Er hoffte nur, dass alles gut
verlaufen würde, vor-
ausgesetzt, die Gauner kamen
überhaupt.Wilhelm wunderte sich über sich
selbst, über seine Ruhe, nachdem er während
des Tages doch sehr nervös gewesen war.

Kommissar Fred Braun war im Gegensatz zu
Wilhelm sehr nervös. Er wunderte sich immer
wieder darüber, dass er vor so wichtigen
Maßnahmen immer noch eine Art Lampenfieber
hatte. Aber Gott sei dank verging diese
Nervosität, sobald es losging. Die
Nachricht, dass Wilhelm gezeigt hatte, dass

alles nach Wunsch gelaufen war, hatte er über Funk erhalten. Nun mussten die Gauner doch reagieren! Aber von Lang, den Heberling ganz sicher angerufen hatte, kam keine Nachricht über irgendeine Reaktion. Er funkte den Mitarbeiter, der das Haus von Lang beobachtete, an: „Für Düssel fünfzehn von Düssel 1: Was ist los?"

Düssel fünfzehn antwortete: „Nichts. Das Haus ist dunkel, der Wagen steht in der Einfahrt." Braun verstand nicht, wieso keine Reaktion erfolgte. Da meldete sich Düssel neun. Er war vor dem Haus, in dem Heberling wohnte, immer noch damit beschäftigt, ein Autoradio in seinen Wagen einzubauen: „Von neun an eins: Zielperson verlässt das Haus mit einem Hund und einem Plastikbeutel mit Inhalt. Er nimmt den Weg zum Wald."

Jetzt kam es darauf an, was Heberling machen würde. Auf keinen Fall durfte er irgendeinen Verdacht schöpfen. Deshalb funkte Braun: „Achtung! An alle! Zielperson mit Hund ist auf dem Weg zum Wald. Er darf auf keinen Fall irgendetwas merken. Äußerste Vorsicht und keinerlei Aktionen unsererseits."

Braun's Funkgerät meldete sich: „Düssel zehn für Düssel eins: Zielperson kommt auf uns zu. Ende." Düssel zehn war das Liebespärchen, das auf der Bank direkt am Waldeingang saß. Und zwar eng umschlungen, als Heberling an ihnen vorbei den Weg am Wald nach links einschlug. Er ging diesen Weg etwa hundert Meter, blieb dann stehen, holte aus seinem Plastikbeutel einen Ball und warf ihn. Der Hund lief hinter dem Ball her und brachte ihn zurück. Das Spiel wiederholte sich dreimal, dann nahm Heberling dem Hund den Ball ab. Er griff wieder in den Beutel, holte eine Bürste heraus und begann den Hund zu bürsten. Man hatte den Eindruck, dass er dabei die Umgebung sorgfältig beobachtete. Das Liebespaar, das sich wohl gestört fühlte, hatte seine Umarmung gelöst. Sie standen auf ung gingen, Hand in Hand, in Richtung Straße. Heberling beendete die Pflege seines Hundes, packte seine Bürste wieder ein und ging ebenfalls in Richtung Straße. Auf halbem Wege, wo er sicher war, dass ihn niemand belauschen konnte, holte er sein Handy heraus und telefonierte. Dann ging er zum Haus zurück.

„Achtung, an alle!" meldete sich Braun. „Äußerste Aufmerksamkeit. Es geht los. Zielperson hat telefoniert. Seine Komplizen werden sich auf den Weg machen. Dass mir ja keiner jetzt einen Fehler macht."

Braun funkte nochmal den Posten vor dem Haus von Lang an. Aber dort war nach wie vor alles ruhig. Dann meldete sich Düssel zwölf. „An Düssel eins. „Kessler verlässt soeben seine Wohnung und steigt in seinen Wagen. Er fährt los." Er gab noch Automarke, Farbe und Kennzeichen durch.

„Achtung! An Erkrath eins, zwei und vier. Sofort Meldung, wenn Fahrzeug D-DY 410 passiert." Die Angefunkten bestätigten nacheinander. Jetzt hieß es warten. Irritiert war Braun nur, dass Lang immer noch in seinem Haus saß. Wenn die beiden Angestellten die Sache alleine machten, musste er seine Taktik ändern. Er war sicher, dass sie mit ihrer Beute zu ihrem Chef fahren würden, wenn man sie unbehelligt lassen würde. Jetzt durfte er keinen Fehler machen.

Er stand zusammen mit Schumann und Kamp von der Mordkommission im Auto auf einem Parkplatz eines Ausflugslokals direkt an der Auffahrt zur Autobahn. Er drehte sich zu den beiden, die bisher sozusagen nur als Beobachter dabei waren. „Ich fürchte, die beiden Angestellten machen die Sache allein. Wenn wir sie festnehmen, kommen wir nicht an den Drahtzieher heran. Ich möchte die beiden unbehelligt mit der Beute ziehen lassen. Sie fahren zu ihrem Boss und dort können wir alle drei fassen." Schumann nickte. „Riskant, aber erfolgversprechend.

Ich könnte sofort einige Leute bekommen,
die das Haus von Lang hermetisch abriegeln.
Wenn die beiden mit ihrer Beute im Haus
verschwinden, können wir unmittelbar
zugreifen."

„Ich gehe das Risiko ein," erwiderte
Braun. „Bitte veranlasst das Notwendige,
ich muss meine Mannschaft ganz neu
einstellen. Was gäbe ich darum, wenn ich
jetzt dort bei den Leuten wäre. Ihr könnt
das Telefon benutzen, ich werde meine
Leute über Funk einweisen."

Während Schumann telefonierte, funkte
Braun: „An Düssel zwei, vier und acht. Neue
Situation: Auf keinen Fall Zugriff! Lasst
die Leute die Beute ausgraben und
unbehelligt abziehen. Alle Beamten sofort
von der neuen Lage unterrichten. Macht
keine Fehler, die Leute müssen sich
vollkommen unbeobachtet fühlen."

Dann funkte Braun weiter.
„An Erkrath eins, zwei und vier: Meldung,

wenn das genannte Fahrzeug passiert hat. Keine weitere Schritte unternehmen. Wenn das Fahrzeug auf dem Rückweg passiert, nur Meldung über Fahrtrichtung, keine Verfolgung. Verstanden, Erkrath eins, zwei und vier?" Die Antworten kamen etwas zögernd. „Alles klar, Düssel eins. Verstanden und Ende."

Auf dem Parkplatz, auf dem Braun stand, war auch noch ein neutraler Wagen aus Düsseldorf postiert, der mit zwei Beamten besetzt war, die sehr erfahren in Observation und verdeckter Verfolgung waren. Braun ging zu ihnen. „Ihr habt den Funkverkehr mitgehört?" Die beiden nickten. „Gut," sagte Braun, dann wisst ihr, wie sehr es auch Euch ankommt. Sobald das Fahrzeug der Verdächtigen vorbei ist, nehmt Ihr die Verfolgung auf. Es darf Euch nicht entkommen."

„Wird es nicht," antwortete einer der beiden. „Aber sind Sie sicher, dass es diese Route nehmen wird?"

„Ich hoffe es,“ sagte Braun. „Es ist der nächste und schnellste Weg zum Haus von Lang. Und, davon bin ich überzeugt, das ist das Ziel der beiden. Wenn nicht, hoffe ich, dass wir uns im Ziel nicht getäuscht haben, sonst kann ich mir einen Schrebergarten anschaffen.“

„Wäre schade drum“, lächelte der jüngere der beiden.

Braun ging zu seinem Wagen zurück. Gerade rechtzeitig, denn das Funkgerät meldete sich: „Erkrath zwei für Düssel 1. Das gesuchte Fahrzeug hat uns soeben passiert. Ende.“

Braun nahm das Mikrophon in die Hand. „An alle, es geht los! Der Wagen mit Kessler kommt. Denkt daran, was ich angeordnet habe. Kein Zugriff. Wenn die beiden mit der Beute weg sind, bitte Fundort durch die Spurensicherung kriminaltechnisch untersuchen. Weitere Order abwarten.“

Braun verschränkte die Arme hinter dem Nacken und atmete tief durch. Diese Wendung

gefiel ihm nicht. Zu viele Unwägbarkeiten.
Aber es gab keinen anderen Weg, um an alle
Beteiligten an dem Raub zu kommen. Und da
gab es ja auch immer noch den Mord, der
aufzuklären wäre.

Inzwischen war Kessler angekommen, hatte
seinen Wagen in der Nähe des Weges geparkt.
Er stieg aus und ging zielstrebig den Weg
zum Wald. Es war inzwischen ganz dunkel
geworden, und Heberling hatte ihm am
Telefon gesagt, dass keine Gefahr drohe. Er
hatte keinerlei Werkzeug dabei. Kurze Zeit
später kam auch Heberling aus dem Haus. Er
trug wieder den Plastikbeutel vom frühen
abend, aber der Mann, der aus seinem in der
Nähe geparkten Wagen Pakete in das
gegenüber liegende Haus trug und per Funk
meldete, dass Heberling ebenfalls auf dem
Weg war, war sicher, dass diesmal kein Ball
und keine Hundebürste darin war.
     Die Beamten hatten sich weit
zurückgezogen. Nur mit ihren

Nachtsichtgeräten beobachteten Sie die Tätigkeit der beiden. Das Versteck war, soweit sie das sehen konnten, in einem dichten Gebüsch und unter einer Baumwurzel. Aber immerhin so nah am Waldrand, dass sie befürchten mussten, dass es bei einer Abholzung entdeckt würde. Es dauerte nicht lange, bis einer der beiden ein kleines Päckchen in der Hand hielt, das er sofort in den Plastikbeutel steckte. Den Klappspaten versteckten sie im Gebüsch unter Laub und strebten dann dem Weg zur Straße zu, ohne sich noch einmal umzusehen. Der Mann mit den Paketen war inzwischen verschwunden, nur ein einsamer Mann mit einem Hund ging auf der anderen Straßenseite. Jetzt steckte er sich eine Zigarette an und ging dann gemächlich weiter. Während des Anzündens der Zigarette hatte er Gelegenheit, über Funk mitzuteilen: „Beide besteigen jetzt das Auto ."

Nachdem die beiden abgefahren und hinter

der nächsten Kurve verschwunden waren, hatte er Gelegenheit, nähere Angaben über Funk zu geben. „Düssel 13 an Düssel 1: Die Verdächtigen fahren mit dem identifizierten Auto Richtung Haaner Straße." Gleich darauf die Meldung eines Radfahrers, der an der besagten Kreuzung stand und auf grün wartete: „Düssel sieben an Düssel eins. Fahrzeug fährt auf Haaner Straße Richtung Autobahn."

Braun atmete auf. Bis jetzt lief alles wie geplant. Er hob die Hand mit hochgestrecktem Daumen aus dem Wagenfenster. Die beiden Beamten hatten den Funkspruch mitgehört und bereits den Motor angelassen. Kaum war der Wagen mit den beiden Verdächtigen und der Beute auf die Autobahn aufgefahren, fuhren sie los.

Schumann nahm das Funkgerät: „Falke an alle. Macht Euch bereit, der Wagen ist unterwegs. Damit das klar ist, Zugriff erfolgt erst drei Minuten, nachdem die beiden das Haus von Lang betreten haben.

Ich will keine Schießerei. Und keine Maus
kann aus dem Haus entkommen. Wo ist Gross?"

„Hier Chef, alles klar. Die Leute sind
unsichtbar. Die massive Haustür macht uns
einige Probleme, ein bisschen wird es
knallen. Chef, jetzt geht das Licht im Haus
an."

„Die beiden werden sich über Handy
gemeldet haben. Man ist jetzt wohl voller
Erwartung."

„OK; wir machen uns jetzt auf den Weg,
werden aber etwa zwanzig Minuten brauchen.
Verdächtige festnehmen und Beute
sicherstellen, ansonsten abwarten, bis wir
kommen. Ende".

„Dann los," sagte Braun , ließ den Motor
an und fuhr auf die Autobahn. Es war nur
noch wenig Betrieb, aber mit Blaulicht und
Martinshorn hätten sie schneller vorwärts
kommen können. Braun wollte jedoch auf
keinen Fall Aufmerksamkeit erwecken.
Die beiden Beamten, die den Wagen von
Kessler verfolgten, meldeten sich: „An

Düssel eins: Das Fahrzeug behält seine Route bei und wird in etwa sieben Minuten am Haus von Lang eintreffen. Wir brechen die Verfolgung vor dem Einbiegen in die Moorenstraße ab. Ende."

Als Braun den Funkspruch erhielt, war er bereits in der Ausfahrt des Uni-Tunnels. Im Gegensatz zu den beiden Verdächtigen hatte Braun die Geschwindigkeitsbeschränkungen nicht eingehalten. Sie waren zu früh, und so fuhr er auf der Witzelstraße auf den Parkstreifen. Die beiden Beamten im verfolgenden Wagen meldeten sich wieder: „An Düssel eins. Wagen ist in die Moorenstraße eingebogen. Wir fahren jetzt von der anderen Seite zur Moorenstraße und halten uns dort in Bereitschaft."
    „Das liebe ich an meinen Kollegen", sagte Braun. „Alle haben eine Menge Eigeninitiative. Oft muss man ihnen gar nicht sagen, was sie tun müssen. So, vier Minuten noch, dann fahren wir wieder los."

Als sie in die Moorenstraße einbogen, war die ganze ansonsten stille Straße in voller Aufruhr. Überall in den Häusern waren die Lichter an und an vielen Fenstern standen Leute in Schlafbekleidung. Braun fuhr bis vor das Haus von Lang. Die Haustüre stand weit offen, davor standen zwei Beamte in Zivil.

„Wo ist Gross?" fragte Schumann.

„Im Wohnzimmer", antwortete einer der Beamten.

Als Braun mit Schumann und Kamp das Wohnzimmer betrat, saßen Lang, Heberling und Kessler in Handschellen auf der Couch, Frau Lang saß, in Tränen aufgelöst, in einem Sessel und auf dem Tisch lag ein in schmutziges Plastik gehülltes Päckchen. Gross stand mitten im Raum und grinste.

„Gut gemacht, Chef?"fragte er. Schumann nickte.

Lang bemühte sich, behindert durch die Handschellen, aufzustehen. „Ich protestiere," schrie er, „Was soll das alles?"

„Nun," antwortete Braun. „Ich bin sicher, wenn wir dieses Päckchen hier öffnen, wird der Inhalt genau mit Ihrer Verlustmeldung an die Versicherung übereinstimmen. Und das werden Sie uns dann erklären müssen. Ich verhate Sie jetzt alle drei wegen Vortäuschung einer Straftat, Unterschlagung, Betrug. Dazu kommen noch einige kleinere Vergehen. Sie werden jetzt ins Untersuchungsgefängnis gebracht. Sie müssen jetzt nichts aussagen, aber alles, was Sie sagen, kann gegen Sie verwandt werden." Er gab Anweisung, die drei getrennt abzuführen und in getrennten Zellen unterzubringen.

Braun wandte sich an die Beamten, die inzwischen in größerer Zahl im Raum versammelt waren. „Kollegen, ich danke Euch! Es war ja auch nicht einfach, so spontan auf eine plötzlich geänderte Situation zu reagieren."

Er drückte Schumann und Braun die Hand.

„Danke. Jetzt habt Ihr einen gut bei mir."

„War doch selbstverständlich", murmelte Schumann. „Ich hoffe, es war auch in unserem Interesse."

„Wir sollten auch weiterhin zusammenarbeiten", sagte Braun, „Aber darüber sollten wir uns morgen im Büro unterhalten."

Thoma meldete sich: „Wir müssen den Beamten in Hochdahl noch mitteilen, dass sie abrücken können."

„Machen Sie das," antwortete Braun. „Damit werden Sie Ihnen sicher eine große Freude machen. Voralpinem den „Damen", die froh sein werden, ihre Frauenkleider loszuwerden." Dann wandte er sich an die Beamten. „Schluss für heute. Alle, die keine Bereitschaft haben, können nach Hause, den anderen wünsche ich eine ruhige Nacht."

Nachdem die Anspannung der letzten Stunden verflogen war, wurden alle müde und Braun sagte zum Abschied, bevor er mit

Thoma ins Auto stieg: „Ich hoffe, wir können in dieser Nacht endlich mal wieder ruhig schlafen."

Die Hoffnung von Kommissar Braun erfüllte sich. Nach einer ruhigen, aber kurzen Nacht war er schon wieder früh in seinem Büro. Seine Laune war gut, wie immer, wenn er einen Fall abgeschlossen hatte. Bedächtig wählte er aus seinem Pfeifensortiment eine Pfeife aus, stopfte sie sorgfältig und zündete sie an. Gerade, als er sich gemütlich zurücklehnen wollte, kam Obermeister Thoma zur Tür herein.

„Sie haben es aber auch nicht lange im Bett ausgehalten, sagte Braun."

„Nein, ich wollte doch bei der Vernehmung der Festgenommenen dabei sein", antwortete Thoma.

„Da hätten Sie sich nicht beeilen müssen."

„Sind die noch nicht überstellt worden?" fragte Thoma.

„Nein, das hat noch Zeit. Erst werden wir
jetzt Haftbefehle beantragen.
Danach haben wir viel Zeit für die
Vernehmungen. Nach meinen Erfahrungen ist
es gut, wenn man den Beschuldigten Zeit
gibt, über ihre Lage nachzudenken. Wenn sie
erkannt haben, dass sie keine Chance mehr
haben, ist e leichter, zu einem Geständnis
zu kommen."

„Bei Heberling und Kessler mag das
zutreffen, bei Lang habe ich meine Zweifel.
Er wird argumentieren, dass seine
Angestellten das Ding alleine gedreht haben
und jetzt zu ihm gekommen sind, weil sie
`kalte Füße' bekommen haben und ihm ihre
Beute bringen wollten. Von dem Verbrechen
habe er nichts gewusst."

„Wir sind aber im Vorteil, weil er nicht
wissen kann, was seine Mittäter ausgesagt
haben. Denn Lang werden wir als Letzten
vernehmen. So, und jetzt holen wir uns die
Haftbefehle. Die werden wir den
Beschuldigten als erstes unter die Nase

halten. Es ist doch immer wieder erstaunlich, welchen Eindruck so ein rotes Papier auf die Verbrecher macht."

Es war elf Uhr, als Braun und Thoma vom Haftrichter zurückkamen.
Braun gab Anweisung, die Inhaftierten einzeln und im Abstand von zehn Minuten ins Polizeipräsidium zu überstellen. Erst als alle in ihren Zellen saßen, ließ er zuerst Heberling vorführen. Wie erwartet, machte der Haftbefehl den vorhergesagten Eindruck auf ihn. „Setzen Sie sich", sagte Braun. Dann stopfte er sich in aller Ruhe eine Pfeife, und erst, als die zu seiner Zufriedenheit brannte, wandte er sich an Heberling: „Sie werden beschuldigt, eine Straftat begangen zu haben durch einen Diebstahl, gemeinsam mit anderen, verbunden mit Betrug zum Nachteil einer Versicherung. Sie werden ebenso beschuldigt, beteiligt zu sein am Mord an einem Mittäter."
Heberling wurde leichenblass. „Mord an

einem Mittäter, was soll das? Gut, ich gebe zu, wir haben die Diamanten entwendet. Wir wollten die Versicherungssumme kassieren und die Diamanten schwarz verkaufen.Aber Mord an einem Mittäter, wer sollte das sein?"

„Erst einmal: Präzisieren Sie einmal das Wir. Ich will die Namen Ihrer Mittäter."

„Das wissen Sie doch längst. Lang und Kessler."

„Und Kleist?"

„Kleist, Kleist! Der hatte doch davon keine Ahnung. Wenn der etwas gewusst hätte, der wäre doch sofort zur Polizei gerannt."

Braun wechselte einen schnellen Blick mit Thoma. „Sind Sie sicher, dass Kleist keine Ahnung von dem hatte, was Sie vorhatten?"

„Na klar. Lang hatte uns, als wir den Plan besprachen, dringend gewarnt, dass Kleist nicht den kleinsten Verdacht schöpfen dürfe."

Braun nickte. „Gut, das war es fürs Erste." Er ließ Heberling abführen, wählte

dann die Nummer von Schumann und
unterrichtete ihn mit kurzen Worten über
die Vernehmung. „Unsere These von der
Beseitigung eines Mitwissers, der
‚plaudern' wollte, ist damit vom Tisch.
Nicht aber die Möglichkeit, dass Kleist
Verdacht geschöpft hat und deshalb sterben
musste," beendete Braun sein Gespräch.

Die Vernehmung von Kessler ergab keine
neuen Momente. Er gab zu, was man ihm
nachweisen konnte, bestätigte, dass Kleist
kein Mitwisser gewesen sei. Braun
konfrontierte ihn nicht mit seinem
Verdacht, Kessler könne Täter oder Mittäter
am Mord von Kleist gewesen sein.
Dann befragte er ihn über das Verhältnis
zwischen Kleist und Lang.
„Das war seit einiger Zeit nicht mehr das
Beste," sagte Kessler.
„Der Firma ging es nicht mehr so gut.
Kleist wollte aus der Firma austreten. Wenn
Lang ihn auszahlen musste, wäre die Firma

praktisch am Ende gewesen. Das war auch ein Grund, warum Lang dieses, dieses ‚Ding‘ drehen wollte.“

Braun ließ auch Kessler wieder abführen und sah dann einige Minuten gedankenverloren da. Thoma brach das Schweigen: „Soll ich jetzt Lang vorführen lassen?“

Braun schüttelte den Kopf. „Den sparen wir uns für morgen auf. Ich muss da jetzt ein paar Dinge durchdenken. Sind die Firmenräume und die Wohnung von Lang versiegelt?“

„Klar.“

„Ich denke, ich werde mir die mal anschauen. Außserdem muss ich noch mal mit der Karin Hübner sprechen. Machen wir Schluss für heute.“

Braun wusste, dass er irgendetwas übersehen hatte. Aber was? Zuhause angekommen, öffnete er eine Dose Fisch, die zusammen mit einer Schnitte Brot und einem

Glas Bier sein Abendessen war. Dabei
schaute er nochmal seine Notizen durch, die
er sich immer für den späteren Bericht an
Ort und Stelle machte. Als er an die
Eintragungen kam, die er bei seinem Besuch
bei Wilhelm gemacht hatte, sprang es ihm
förmlich ins Auge: VIER! In dem Auto hatten
vier Mann gesessen!
Er hatte doch schon mit Schumann darüber
gesprochen, aber es war ihm vollkommen
entfallen. Dieser vierte Mann konnte doch
nur aus dem Umfeld der anderen drei Täter
stammen, musste ein Mann sein, der das
unbedingte Vertrauen der anderen drei
besaß. Im Kopf notierte er: Mit Frau Lang
sprechen. Die drei anderen waren überwacht
worden, hatten also sozusagen für die
Tatzeit ein polizeiliches Alibi. Er würde
am nächsten morgen ein hartes Verhör mit
Lang führen und er würde die
Spurensicherung in die Geschäftsräume und
die Wohnung von Lang schicken. Er stellte
Teller und Besteck ins Spülbecken, trank

sein Bier aus und ging zu Bett.

Am nächsten Morgen hatten Braun und Thoma ein langes Gespräch mit den Kollegen der Mordkommission. Es drehte sich hauptsächlich um den vierten Mann im Auto und darum, ob man durch die Ergebnisse der Spurensicherung in den Geschäftsräumen und der Wohnung von Lang neue Erkenntnisse über den Mordfall gewinnen könne. Schumann bat, bei der weiteren Vernehmung der Beschuldigten anwesend sein zu dürfen.

„Selbstverständlich", sagte Braun. „Obwohl ich nicht glaube, dass die Vernehmung von Heberling und Kessler neue Erkenntnisse bringen werden. Der Schlüssel zu dem Mord an Kleist liegt bei Lang und dem vierten Mann im Auto. Da bin ich sicher. Aber ebenso sicher bin ich, dass Lang nicht sprechen wird."

So war es denn auch. Heberling und Kessler beteuerten übereinstimmend, dass

Lang mit diesem Mann sehr geheimnisvoll getan und nur gesagt habe, dass er ihnen auch bei dem Absetzen der unterschlagenen Diamanten sehr nützlich sein könne.

Lang machte, wie Braun vorhergesagt hatte, keine Angaben. Auf den vierten Mann im Auto angesprochen, sagte er nur: „Ich habe in diesem Auto nicht gesessen. Ich kann also nicht sagen, ob zwei, drei oder vier Mann darin gesessen haben. Im übrigen verlange ich meinen Rechtsanwalt, ohne den ich nichts mehr sagen werde." Auf die Vorhaltungen von Braun, dass seine Angestellten übereinstimmend ausgesagt hätten, er sei wohl an der Straftat beteiligt gewesen und habe auch den vierten Mann mitgebracht, zuckter er nur die Achseln. Da Braun klar war, dass Lang nichts mehr sagen würde, ließ er ihn abführen.

„Wie ich schon vermutet habe, wird uns Lang in dem Mordfall nicht weiterbringen.

Wir müssen die Ergebnisse der Auswertung der Spurensicherung abwarten. Es muss doch irgendeinen Hinweis auf diesen vierten Mann geben. Lang muss ihn schon länger gekannt haben, sonst hätte er ihn nicht ins Vertrauen gezogen", sagte Braun.

Schumann nickte. „Ich hoffe auch, dass die Kollegen der Spurensicherung uns einen Hinweis auf den vierten Mann geben werden. Außerdem werde ich auch Frau Lang vernehmen. Ich melde mich, wenn ich etwas in Erfahrung bringen sollte."

„Gut", antwortete Braun. „Ich werde mich noch einmal mit Karin Hübner unterhalten. Vielleicht ergibt sich dabei wenigstens ein Hinweis, der uns zum Motiv für diesen Mord führen kann. Kleist wollte aus der Firma ausscheiden. Da dies zu einem finanziellen Fiasko für die Firma geführt hätte, wäre hier ein Motiv für den Mord. Ich würde also Lang für den Mörder halten, wenn er nicht ein polizeilich beglaubigtes Alibi hätte. Es kann also nur ein Auftragsmord gewesen sein und dafür käme in erster Linie der vierte Mann infrage. Es liegt nahe, dass der ,aus dem Milieu‘ kommt. Wir sollten uns mal bei den V-Männern umhören."

„Habe ich schon veranlasst", antwortete Schumann. „Bisher allerdings ohne Erfolg."

„Wenn es etwas Neues gibt, melde Dich", sagte Braun. „Du erreichst mich über mein Handy. Ich fahre jetzt zu Karin Hübner."

Fred Braun dachte auf dem Weg zu Karin Hübner über seinen Beruf nach und kam zu der Entscheidung, dass Gespräche wie das bevorstehende zu den angenehmen gehörten, die aber leider viel zu selten vorkamen.

Karin Hübner begrüßte ihn fast wie einen alten Bekannten. Der Rauhaardackel lag in seinem Körbchen, als beide das Wohnzimmer betraten. Er kam auf Braun zu und beschüffelte ihn. Braun streckte die Hand aus und kraulte ihn am Kopf. Der Hund legte sich zu seinen Füßen nieder.

„Er heißt Struppi", sagte Karin Hübner.

„Er hat alle typischen Eigenschaften eines Dackels. Er ist eigenwillig, gehorcht nur, wenn er will und er sucht sich seine Freunde sehr sorgfältig aus. Sie scheint er zu mögen."

„Das wundert mich", antwortete Braun, „denn ich habe eigentlich nie etwas mit Hunden zu tun gehabt. Wie war er denn gegenüber Herrn Kleist?"

„Den mochte er sofort. So wie jetzt bei Ihnen. Er hat wohl einen untrüglichen Instinkt, Menschen zu erkennen, die es gut mit ihm meinen." Karin Hübner machte eine kurze Pause und fragte: „Warum sind Sie nochmal gekommen? Gibt es etwas Neues?"

„Nein, leider nicht. Wir kommen einfach nicht weiter. Ich gehöre ja nicht zur Mordkommission, aber ich arbeite mit den Kollegen eng zusammen, da wir der Meinung sind, dass beide Verbrechen irgendwie zusammen gehören. Sind Sie ganz sicher, dass Lang nichts von Ihren Plänen gewusst hat?"

„Ja, wir sind sehr vorsichtig gewesen und haben im Büro nie ein privates Wort miteinander gesprochen. Hermann hat immer wieder gesagt, wenn Fritz Wind davon bekommt, was ich vorhabe, wird er sich ganz sicher eine Schweinerei einfallen lassen, um uns zu schaden. Hermann wusste, dass sein Ausscheiden die Firma in Schwierigkeiten bringen würde, denn wir brauchten ja Hermanns Einlage, um unsere Pläne zu verwirklichen.“

Braun nickte. „Das führt mich zu der Vermutung, dass Lang doch etwas gewusst hat und er den vorgetäuschten Raub nur unternommen hat, um zu Geld für die Auszahlung von Kleist Anteil zu bekommen. Der Plan scheint nicht von langer Hand vorbereitet worden zu sein. Aber immerhin schien er ja geglückt zu sein und so gab es für ihn keine Notwendigkeit, Kleist zu ermorden.“

„Er kann es ja nicht getan haben, denn zur Mordzeit war er ja im Büro.“

„Das stimmt. Aber es schließt nicht aus, dass es sich hier um einen Auftragsmord handelt. Bei über dreißig Millionen Euro, auch wenn er einen Teil davon an seine Mittäter auszahlen musste, dürfte eine Million für einen Auftragsmord drin sein. Aber wo ist das Motiv? Wir haben Kleist' Wohnung versiegelt, haben alles, was wir dort vorgefunden haben, sorgfältig geprüft, aber es gibt nichts, was uns zu einem Motiv führen könnte. Deshalb frage ich Sie, gibt es hier bei Ihnen noch irgendwelche Papiere von Herrn Kleist?"

Karin Hübner überlegte und schlug sich vor die Stirn. „Dass ich darauf nicht gekommen bin. Ja, er hat hier und da private Dinge hier erledigt und ich habe ihm dazu eine Schublade in meinem Schreibtisch eingerichtet. Darin müssten sich einige Papiere befinden. Aber sie ist abgeschlossen. Er wollte das nicht, aber ich habe darauf bestanden, denn ich beschäftige eine Putzfrau, die einmal wöchentlich hier sauber macht. Aus diesem Grund sind alle Schreibtischschubladen bei mir abgeschlossen."

„Sie haben einen Schlüssel?"

„Nein, es gibt nur jeweils einen Schlüssel, und der muss an seinem Schlüsselbund sein."

„Hm, ich kann den Schumann von der Mordkommission, die ja alle Dinge, die wir bei Kleist gefunden haben, in Verwahrung hat, bitten, die Schublade zu öffnen. Aber – ehrlich gesagt – das möchte ich nicht. Es wäre auch für Sie mit Unannehmlichkeiten verbunden. Wenn Sie mal einen Augenblick wegschauen, kann ich mal prüfen, ob die Schublade nicht doch offen ist."

Karin Hübner lächelte, was Braun mit Freude registrierte, war es doch das erste Mal, seit er sie kannte.

„Ich bin eine schlechte Gastgeberin", sagte sie, „ich werde uns in der Küche eine Tasse<Kaffee machen. Oder möchten Sie

lieber Tee?"

„Kaffee ist schon OK", antwortete Braun.

Während Karin Hübner in der Küche war, öffnete Braun ohne große Schwierigkeiten die Schublade. Für solche Dinge war er bestens vorbereitet, denn man wusste ja nie, wann man etwas außerhalb der Legalität machen musste. Als Leiter des Raubdezernates hatte er ja die besten Lehrmeister.

Als Karin Hübner mit dem Kaffee aus der Küche kam, lag vor ihm auf dem Tisch ein ziemlich großer Stapel an Papieren.

„Das können wir unmöglich alles hier durchsehen", sagte Braun. „Ich werde am besten die Sachen mitnehmen, denn es wird Stunden dauern, das alles sorgfältig zu prüfen."

„Ich möchte, dass Sie es hier machen"; sagte sie. „Wenn Sie es zu Hause machen, können sich Fragen ergeben. Und die kann ich nur hier beantworten."

„Es wird Stunden dauern."

„Das macht nichts. Ich bin nicht müde, und außerdem muss ich nicht zur Arbeit, weil die Firma versiegelt wurde. Wahrscheinlich bin ich sowieso schon arbeitslos."

„Also gut", antwortete Braun. „Machen wir uns an die Arbeit."

Blatt für Blatt prüften sie die Schriftstücke. Es waren Rechnungen von Herrenausstattern, Überweisungen, Quittungen von Blumengeschäften und Juwelieren, handschriftliche Notizen, Tankquittungen und all die Dinge, die im täglichen Leben anfallen und die man fürs Finanzamt sorgfältig aufbewahren muss.

Braun machte zwei Stapel. Auf den ersten kamen alle Rechnungen, Quittungen und Überweisungen, auf den zweiten alles, was nicht zu diesen Kategorien zählte.

Zuerst überprüften sie sorgfältig den ersten Stapel. Hier ergaben sich keine Anhaltspunkte, die sie weitergebracht hätten. Auch die Überweisungen waren alle irgendwelchen Rechnungen zuzuordnen.

Der zweite Stapel erforderte mehr Aufmerksamkeit. Er war zwar wesentlich kleiner als der erste, aber hier konnte eher ein Hinweis versteckt sein, der sie zu einem Motiv führen könnte. Zum Schluss blieb nur ein Zettel übrig, auf dem nur ein kurzer Text stand: „Ich möchte Ihnen ein Geschäft vorschlagen. Rufen Sie mich an." Darunter eine Telefonnummer ohne Vorwahl.

„Das könnte der Schlüssel sein", sagte Braun.

„Sie wollen doch nicht etwa sagen, dass Hermann in unsaubere Geschäfte verwickelt war?" fragte Karin Hübner. Empörung schwang in ihrer Stimme mit.

Braun schüttelte den Kopf. „Ich glaube eher, dass man Kleist unsaubere Geschäfte vorgeschlagen hatte, auf die er nicht eingegangen ist." Er schaute auf seine Uhr. „Mitternacht vorbei. Aber die Bereitschaft im Polizeipräsidium müsste mir helfen können." Er wählte die Nummer auf seinem Handy. Als sich jemand meldete, sagte er. „Ich hoffe, ich habe Euch nicht geweckt. Ja, ganz richtig, hier ist Braun. Ich habe was ganz Wichtiges. Ich gebe Dir eine Telefonnummer. Bitte überprüfe, ob das eine Düsseldorfer Nummer und gegebenenfalls, wer der Teilnehmer ist. Du kannst mich auf dem Handy erreichen."

„Ich mache uns noch einen Kaffee", sagte Karin Hübner und ging in die Küche. Schon nach kurzer Zeit klingelte Braun's Handy. Er hörte zu, sagte „Ja" und pfiff dann durch die Zähne. Karin Hübner stand in der Tür zur Küche und sah ihn gespannt an.

„Was ich jetzt erfahren habe, darf ich Dir –", er verbesserte sich „Ihnen eigentlich nicht sagen."

Karin Hübner lächelte zur Freude von Braun. „Was heißt ‚eigentlich'", sagte sie, „Und mit dem ‚Du', das finde ich in Ordnung."

„Das freut mich", antwortete Braun, „und auch mit Kaffee kann man auf Bruderschaft anstoßen".

„Da habe ich auch noch was Besseres. Aber was hast", sie zögerte etwas,

„was hast Du erfahren?"

„Komm, setz Dich erst einmal zu mir." Nachdem Karin Hübner sich gesetzt hatte, fuhr Braun fort: „Diese Telefonnummer gehört zu einer Dedektei hier in Düsseldorf."

„Und das heißt?"

„Das kann vieles heißen. Zum Beispiel, dass Lang Euch beobachten hat lassen. Und das der Detektiv sein Wissen nicht an Lang, sondern – natürlich zu einem höheren Preis – an Kleist verkaufen wollte. Aber das ist nur eine Vermutung. Wir werden morgen Erkundigungen einziehen und mit unseren Ermittlungen beginnen. Ich melde mich bei Dir. Und jetzt gehe schlafen."

„Schlafen werde ich wohl kaum können. Aber ich gehe jetzt zu Bett. Und unseren

Bruderschaftsdrink werden wir ein andermal trinken. Vergiss nicht, er steht auf Eis und wartet auf Dich."

Braun Lächelte: „Wie könnte ich das vergessen. Ich freue mich drauf."

Sie standen beide auf. Er legte ihr beide Hände auf die Schultern und sie stellte sich auf die Zehenspitzen und gab ihm einen flüchtigen Kuss auf den Mund. Sie lächelte verlegen und meinte: „Ein Bruderschaftskuss gehört doch dazu."

Fred Braun war – obwohl es schon sehr spät war – ein ganzes Stück zu Fuß durch die nächtlichen Straßen gelaufen, bevor er ein Taxi heran gewunken hatte, um sich nach Hause fahren zu lassen. Der Abend hatte ihn sehr aufgewühlt, und daß nicht nur, weil er in seinem Fall weiterzukommen hoffte. Er fühlte, daß Karin Hübner ihm viel bedeuten könnte, aber er zweifelte, ob auch er ihr etwas bedeutete. Jedenfalls musste er ihr Zeit lassen, so kurz nach dem Verlust des

Menschen, mit dem sie ihr Leben teilen
wollte.

Am nächsten Morgen führte ihn sein erster
Weg zu seinem Kollegen Schumann von der
Mordkommission. Der blickte erstaunt auf,
als er Braun in der Tür stehen sah und warf
einen Blick auf seine Armbanduhr.
„Wenn Du so früh hier erscheinst, hast Du
sicher Neuigkeiten?"
„Ja, ich bin mir allerdings nicht sicher,
ob sie uns weiterhelfen." Er berichtete
über den vergangenen Abend, wobei er
allerdings eine Menge Details verschwieg,
und zeigte Schumann den gefundenen Zettel.
Der nickte, als er ihn gelesen hatte, und
meinte: „Du hast recht mit Deiner
Vermutung. Das sieht verdammt nach
Erpressung aus. Wir werden uns den Burschen
mal ganz diskret anschauen. Allerdings
müssen wir sorgfältig darauf bedacht sein,
keinen Verdacht bei ihm zu erregen. Wenn er

ein guter Detektiv ist, kann er leicht dahinter kommen, das wir ihn überwachen. Da müssen meine besten Leute her. Außerdem werden wir uns im Computer schlau machen, ob gegen ihn etwas vorliegt und ob er als Detektei zugelassen ist."

„Gut", sagte Braun, „macht Euch an die Arbeit und informiere mich über die Ergebnisse. Ich werde mich jetzt mal wieder mit meinen ‚Kunden' beschäftigen.

Als Fred Braun sein Büro betrat, schaute Ralf Thoma kurz auf und sagte: „Kaffee ist schon fertig."

„Den kann ich gebrauchen", antwortete Braun. Er goß sich eine Tasse Kaffee ein und erklärte kurz die Situation. „Nehmen wir an, wir haben recht mit unserer Vermutung, daß Hemler, so heißt der Detektiv, Kleist erpressen wollte, denke ich mir die Sache so: Kleist ging zum Schein auf den Vorschlag Hemlers ein. Bei dem vereinbarten Treffen machte Kleist dann klar, daß er nicht zahlen werde und Hemler

wegen Erpressung anzeigen werde. Daraufhin
verlor der die Nerven und schoss".

„Nicht auszuschließen ist aber auch, dass
Kleist zahlen wollte, weil ihm überaus
wichtig war, daß seine gemeinsamen Pläne
mit dieser Frau...äh".
„Hübner", half Braun ihm, „Karin Hübner."
„Ja, mit dieser Frau Hübner geheim
blieben. Er hatte das Geld dabei, Hemler
nahm es, Kleist machte Andeutungen, daß für
ihn die Sache damit noch nicht erledigt
sei, Hemler bekam Panik, schoss, um den
einzigen Zeugen zum Schweigen zu bringen.
Hat dieser Detektiv eigentlich einen
Waffenschein?"
„Das weiß ich nicht. Schumann kümmert
sich darum, denn eigentlich ist es ja sein
Fall. Er wird uns über alles unterrichten,
was er in Erfahrung bringt."

Braun und Thoma verhörten anschließend
noch mal Heberling, wobei es vor allem

darum ging, ob in letzter Zeit Besucher in der Firma waren, die nicht zu den Kunden gehörten. Heberling überlegte und sagte dann: „Ja, da war ein Besucher. Da wir ihn nicht kannten, wollten wir ihn nicht hereinlassen uns haben Herrn Lang benachrichtigt. Er schaute sich den Mann auf dem Monitor der Türsicherungsanlage an und sagte dann, wir sollten Ihn hereinlassen und sofort in sein Büro führen."

„Würden Sie diesen Mann wiedererkennen?"

„Na klar, wir haben ihn uns ja lange genug auf dem Monitor angeschaut."

„War dieser Mann auch der vierte Mann im Auto, als Sie die Diamanten vergraben haben?" fragte Braun, einer spontanen Eingebung folgend.

Heberling wiegte den Kopf. „Ich weiß nicht. Er sah ganz anders aus, hatte einen Bart und wirkte älter. Aber die Stimme kam mir bekannt vor. Ich konnte sie nicht zuordnen, aber jetzt würde ich sagen, ja, es war seine Stimme."

Braun ließ Heberling abführen und schaute Thoma triumphierend an.

„Da hätten wir den Zusammenhang beider Delikte. Wir haben doch damals im Wald alles eingesammelt, was mit den Tätern im Zusammenhang stehen könnte. Darunter waren auch Zigarettenkippen. Wir konnten sie mit der DNS-Analyse keinem der drei zuordnen. Wenn sie zu Hemler passen, haben wir den vierten Mann und – da bin ich fast sicher – auch den Mörder von Kleist."

Die anschliessende Vernehmung von Kessler ergab, daß auch er sich an den Mann erinnern konnte, auch er würde ihn wiedererkennen. Allerdings war der vierte Mann im Auto für ihn nicht identisch.

„Gehen wir zu Schumann", sagte Braun. „Vielleicht haben die Kollegen schon etwa herausgefunden."

„Ich wollte Euch gerade anrufen." Schumann deutete auf die Stühle vor seinem Schreibtisch. „Also, dieser Herr Hemler hat einen Waffenschein. Darin eingetragen ist eine Neun-Millimeter-Magnum. Außerdem hat er mit der Polizei schon eine Menge Ärger gehabt. Er soll Beweismaterial unterschlagen haben. Allerdings ist die Untersuchung damals ergebnislos verlaufen. Man hatte die Vermutung, dass er mit diesem Beweismaterial erpressen wollte, aber man konnte ihm das nicht nachweisen. Ich habe veranlasst, dass er observiert wird. Das ist ein ganz cleveres Bürschchen."

„Wir brauchen ein Foto von ihm", sagte Braun.

„Das dürfte nicht einfach sein. Aber – warte mal – da hat es doch damals ein Foto in der Zeitung gegeben, in der ‚Westdeutschen' glaube ich. Die haben später, als die Sache niedergeschlagen wurde, eine Menge Ärger gehabt und, soviel ich weiß, sogar Schmerzensgeld an ihn zahlen müssen."

„Na ja, ein Zeitungsbild ist zwar nicht optimal, aber immer besser als gar nichts. Wann war denn die Sache?"

Schumann schaute nach. „Im September vorigen Jahres".

Braun schaute Thoma an. „Kümmere Dich darum", sagte er. Thoma erhob sich und verließ den Raum.

Braun informierte Schumann darüber, was die Vernehmung von Heberling und Kessler ergeben hatte.

„Das ist stark, prima Arbeit", lobte Schumann.

„Wenn wir das Bild haben, sollen die beiden Angestellten sagen, ob das der Mann ist, den sie ins Büro von Lang geführt haben. Dann sollen unsere Jungens Duplikate machen, Heberling soll dann sagen, wie der Bart aussah, wir werden eine Fotomontage machen und wenn Heberling dann sagt, ‚das ist der Mann aus dem Auto', dann haben wir ihn schon fast. Für Heberling dürfte sich diese Mitarbeit ganz sicher strafmildernd auswirken."

„Wenn das alles so abläuft, wie wir es jetzt besprochen haben, dann werde ich einen Hausdurchsuchungsbefehl beantragen und ich bin sicher, daß wir dann eine Menge Beweismaterial finden werden."

„Aber die Magnum werden wir sicher nicht finden", mutmaßte Braun. „Aber dafür muss sich Hemler schon eine gute Ausrede einfallen lassen. Gehen wir zusammen Mittagessen?"

„Gerne. Aber heute nicht in die Kantine. Bis Thoma zurück kommt, vergeht sicher einige Zeit, also können wir uns heute etwas Besonderes erlauben. Also auf zum Griechen."

Schumann sagte seiner Sekretärin, wo sie zu finden wären, wenn man sie brauche und sie machten sich auf den Weg.

Thoma war früher zurück, als sie erwartet

hatten. Er grinste, als er die beiden entdeckte und ließ sich seufzend auf den freien Stuhl fallen. Dann zog er triumphierend ein Foto aus der Sakkotasche. „Das Originalfoto", sagte er. „Die haben mir in der Reproabteilung ein Duplikat gemacht. ‚Das Original behalten wir', hat der Lokalredakteur gesagt, ‚denn wenn ihr es braucht, werden wir es sicher auch bald brauchen'". Sie lachten. „Ja, wenn wir die Presse nicht hätten", sagte Braun. „Sie geht uns zwar manchmal ganz schön auf die Nerven, aber nützlich sind sie."

Nach dem Essen rief Schumann alle Abteilungen seines Kommissariats im Besprechungsraum zusammen. Er gab eine detaillierte Übersicht über den Stand der Ermittlungen und gab seine Anweisungen: „Wir brauchen einige gute Vergrösserungen dieses Fotos. Es muss in den Computer eingelesen werden. Dann müssen wir nach den Angaben eines Zeugen eine Rekonstruktion des Gesichts mit Bart erstellen. Weiter brauchen wir eine DNS-Analyse von den beim Beuteversteck sichergestellten Zigarettenkippen.

Die Observation des Hemler wird vorerst eingestellt, sie ist zu riskant. Alle Aktivitäten der nächsten Tage erfolgen in Zusammenarbeit mit dem Raubdezernat. Die Kollegen Braun und Thoma haben wesentlich zu unserem heutigen Wissensstand beigetragen. Das wäre es fürs Erste.“

Am Abend war Braun unsicher, ob er Karin Hübner anrufen sollte. Aber dann wählte er ihre Nummer. „Ich bin es, Fred Braun. Es gibt zwar nichts Neues, aber ich wollte Deine Stimme hören.“

„Schön, das Du anrufst. Es muss doch nicht immer etwas Berufliches sein. Ich freue mich auch, Dich zu hören. War der Tag anstrengend?“

„Ja, anstrengend und erfolgreich. Aber jetzt ist er nur noch schön. Ich hoffe,

Dir geht es gut?"
57

„Ja, bis auf ein paar Kleinigkeiten, die mein jetziger Zustand so mit sich bringt."

„Ich hoffe, Du schonst Dich?"

„Sicher, obwohl das wirklich nicht nötig ist. Ich habe den ganzen Tag frei und für das Grobe habe ich eine Putzfrau. Ich gehe spazieren, lese viel und lasse es mir gutgehen."

„Hast Du Dich schon arbeitslos gemeldet?"

„Ja. Ich werde Arbeitslosengeld bekommen. Du siehst, ich muss nicht verhungern."

„Das werde ich verhindern. Darum möchte ich Dich an einem der nächsten Abend zum Essen einladen. Hast Du Lust?"

„Gerne, aber ich warne Dich. Ich habe in letzter Zeit einen unbändigen Hunger." Sie lachte.

„Ich denke, er wird nicht so groß sein, daß er sich nicht mit dem Gehalt eines kleinen Kommissars stillen lässt."

Sie lachte wieder. „Wenn es nicht reicht, können wir immer noch in der Küche beim Abwasch helfen."

„Mit Dir würde mir sogar das Spaß machen."

Einen Augenblick war es still. Dann sagte sie leise: „Ich danke Dir!" Und kurz darauf: „Schöner kann unser Gespräch nicht enden. Ruf mich bald wieder an. Gute Nacht."

Braun hielt noch lange den Hörer in der Hand. ‚Ich liebe sie' dachte er. ‚Und ich bin sicher, auch ich bin ihr nicht gleichgültig'.

Am nächsten Morgen fuhr ein glücklicher Fred Braun ins Polizeipräsidium.

Sein Fall war eigentlich aufgeklärt. Wenn auch Lang jede Mitwisserschaft leugnete und behauptete, seine Angestellten hätten das Verbrechen alleine verübt und nur, weil sie plötzlich Angst bekommen hätten, die Diamanten zu ihm zurückbringen wollen. Wenn

Hemler der vierte Mann war, war der Kreis geschlossen. Deshalb lag ihm sehr daran, dass der Mordfall aufgeklärt wurde.

Er ging sofort ins Büro von Schumann. Dorthin ließ er Heberling vorführen. Auf dem vorgelegten Foto erkannte dieser sofort den Mann, der Lang im Büro besucht hatte. Anschließend wurde er in ein anderes Zimmer geführt, wo er mit Hilfe eines Beamten am Computer das Bild des vierten Mannes im Auto rekonstruieren sollte. Auch Kessler erkannte auf dem Foto den Mann, der in Langs Büro gewesen war.

„So, und nun das Wichtigste." Schumann hielt den Durchsuchungsbefehl in der Hand. „Es war nicht einfach. Aber ich konnte den Staatsanwalt mit dem von Dir gefundenen Zettel überzeugen. Zum Glück hat er nicht gefragt, woher ich diesen Zettel habe. Ich lüge nicht gern."

„Wann soll die Hausdurchsuchung stattfinden?"

„Ich habe zwei Leute dem Büro gegenüber

in einem Cafe postiert. Hemler ist zur Zeit nicht in seinem Büro. Aber wir stehen bereit. Sobald Hemler sein Büro betritt, werden wir zugreifen."

„Zugreifen?"

„Ja. Ich werde Hemler festnehmen. Ich habe zwar keinen Haftbefehl, aber ich kann ihn 24 Stunden festhalten. Bis dahin wird die Sichtung des Materials, das wir in seinem Büro finden, mindestens einen Grund für einen Haftbefehl liefern."

„Dann wünsche ich Euch viel Glück, Euch und mir."

„Wieso und mir? Du bist doch raus. Dein Fall ist doch klar."

„Ja, aber ich brauche die Bestätigung, daß Hemler der vierte Mann war. Ich will ein Geständnis, keinen Indizienprozeß."

Ein Beamter betrat mit Heberling das Büro, in der Hand einen Computerausdruck. Es war das Zeitungsfoto, nunmehr verfremdet mit Schnurr- und Kinnbart.

„Und?" fragte Braun.

Heberling nickte. „Ich hatte recht mit meiner Vermutung. Das war der vierte Mann."

„Wir danken Ihnen. Ihre Aussage wird protokolliert."

Fred Braun war schon früh Zuhause. Er hatte sich vorgenommen, endlich einmal seine vielen Überstunden abzufeiern. Bisher in den letzten Jahren war es ihm gleichgültig gewesen, wann er nach Hause kam. Es wartete niemand auf ihn, und so ging er oft an einer Imbissbude vorbei, um ein Currywürstchen oder etwas anderes zu essen.

Aber jetzt war alles anders. Er wollte mehr Freizeit, denn er hatte jemanden, mit dem er sie verbringen konnte. Und das würde er jetzt in die Hand nehmen. Er wählte den Anschluss von Karin Hübner. Als er sich meldete, sagte sie: „Nanu, schon so früh? Du bist doch nicht etwa auch arbeitslos geworden?"

„Nein, Arbeit gibt es genug. Dafür sorgen

die Ganoven schon. Aber ich habe mir vorgenommen, mal meine vielen Überstunden abzufeiern. Denn ich weiß jetzt, wie ich meine Zeit schöner verbringen kann."

„Achja", sagte sie, „und wie?"

Er sah sie förmlich vor sich, wie sie lächelte.

„Mit Dir, natürlich. Ich möchte Dich heute abend zum Essen einladen."

„Ich nehme Deine Einladung dankend an. Hast Du schon eine Idee, wohin Du mich ausführen willst?"

Oh ja", sagte er, „Lass Dich überraschen. Kein Sechs-Gänge-Menue, aber sehr schön. Ich war zwar schon lange Jahre nicht mehr da, aber da der Wirt nicht gewechselt hat, hoffe ich, es wird so gut wie damals sein."

„Ich vertraue Deinem Geschmack. Also gut, wann holst Du mich ab?"

„Sagen wir um sieben".

Gut, ich werde mich hübsch machen."

„Dazu bedarf es bei Dir keinen Anstrengungen," sagte er.

„Sei sparsam mit Deinen Komplimenten, damit sie Dir nicht ausgehen", antwortete sie. „Dann also bis um sieben."

Fred Braun stand lange vor seinem Kleiderschrank. Es war gar nicht so einfach, das Passende zu finden. Denn er hatte lange Zeit keine neue Kleidung gekauft. Aber schließlich war er zufrieden, als er sich im Spiegel betrachtete. Er fuhr mit dem Bus und der U-Bahn zur Wohnung von Karin Hübner. Er klingelte und sie rief von oben „Ich komme."

Als sie vor ihm stand, verschlug es ihm fast den Atem. Sie war schön, das wusste er ja, aber Bild, das er vor sich sah, übertraf alles. Ein Kleid mit großen Blüten auf weißem Grund, mit dezentem Dekollete und weit ausgestelltem Rock, hochhackige Schuhe und über allem ein dunkelroter langhaariger Lockenkopf. Er küsste sie auf beide Wangen und sagte: „Du siehst wunderschön aus."

Sie stupste ihn mit dem Zeigefinger vor die Brust.

„Das hat auch viel Anstrengung gefordert. Ein bisschen runder bin ich schon geworden und ich hatte schon Sorge, das Kleid würde mir nicht mehr passen."

Braun winkte ein Taxi heran. „Es ist Dir doch recht, wenn wir mit dem Taxi fahren? Dort gibt es nämlich auch einen guten Wein, von dem Du doch sicher auch noch ein Gläschen trinken darfst."

Sie fuhren zu einem Restaurant zwischen Düsseldorf und Mettmann „Zum Weinberg". Der Wirt, der ihn trotz der langen Abwesenheit wiedererkannte, begrüßte sie freundlich und führte sie zu einem Ecktisch mit Polsterbank.

Das Gespräch drehte sich zuerst hauptsächlich um die Speisenauswahl und den dazu passenden Wein. Beide wirkten in der Öffentlichkeit gehemmter, als sie bei Karin zu Hause gewesen waren. Aber bei einem guten Essen und dem ausgezeichneten Wein wurde die Stimmung gelöster.

„Das Essen war ausgezeichnet", sagte Karin, als der Wirt das Geschirr abgeräumt hatte und nur noch der funkelte Wein vor ihnen stand.

„Auch ich habe lange nicht mehr so gut gegessen", antwortete Braun. „Aber das lag zum großen Teil an meiner reizenden Begleiterin. Ich denke mit Grauen an die einsamen Mahlzeiten, die mir wieder bevorstehen."

Karin Lächelte. „Immer müssen sie ja nicht so einsam sein. Ich werde mich selbstverständlich für diesen schönen Abend revanchieren und Dich in den nächsten Tagen zu mir zum Essen einladen. Ich kann zwar mit dieser Küche nicht konkurrieren, aber ich hoffe, auch bei mir wird es Dir schmecken."

„Ich danke Dir schon jetzt für die Einladung. Es wird wie ein Sonntag für mich sein. So wie jede Stunde mit Dir ein

Sonntag für mich ist."

In Karins Augen glänzten Tränen, als sie ihn ansah. „Es tut gut, solche Worte zu hören, zu wissen, es gibt einen Menschen, dem das Zusammensein mit mir etwas bedeutet." Sie legte ihre Hand auf seine. „Danke!"

Braun schüttelte den Kopf. „Es ist nicht an Dir, mir zu danken. Ich muss dankbar sein, daß das Schicksal unsere Wege zusammengeführt hat. Karin,"

Er nahm ihre Hände und küsste sie zärtlich, „ich weiß, ich dürfte es nicht sagen, aber ich liebe Dich!"

Eine Träne rollte über ihre Wange und fiel aufs Tischtuch. „Ich weiß, ich habe es gefühlt an dem Abend in meiner Wohnung. Ich wollte Dich nicht wiedersehen, weil – ach Fred, auch ich mag Dich wirklich sehr, aber ich brauche Zeit – vielleicht viel Zeit."

„Zeit spielt keine Rolle, wenn zwei Menschen einander mögen. Du hast Zeit, soviel wie Du brauchst, aber lass mir die Hoffnung, daß Du eines Tages ja zu mir sagst."

„Ach Fred, wenn ich bereit bin für eine neue Beziehung, dann nur mit Dir. Wenn Du auf mich warten willst."

„Ich will, und diese Worte will ich auch aussprechen, wenn eines Tages der Standesbeamte mich fragt, ob ich mit Dir die Ehe eingehen will."

Der Wirt, ein Mensch mit viel Menschenkenntnis, kam mit einem Tablett mit zwei Gläsern: „Darf ich mir erlauben, zum Abschluss dieses Tages ein Glas Champagner vom Haus zu kredenzen?"

Sie nahmen die Gläser und Braun sagte: „Auf unsere Zukunft!"

Den Überschwang der Gefühle nahm Braun am nächsten Morgen mit ins Büro. „Hallo, meine lieben Kollegen", begrüßte er die in seinem Büro Anwesenden.

„Wo warst Du gestern Abend?" fragte

Schumann. Du warst nirgends zu erreichen. Nicht mal über's Handy."

„Hatte Wichtigeres zu tun."

„Wichtigeres als die Hausdurchsuchung bei Hemler?"

„Ja, für mich Wichtigeres. Aber ihr werdet mich ja, wie ich Euch kenne, in allen Einzelheiten informieren."

„In allen nicht. Denn alles wissen wir auch noch nicht. Unsere Kollegen sind noch bei der Auswertung. Aber ich bin sicher, die DNS-Analyse wird zeigen, daß Hemler der vierte Mann im Auto war. Mit der Aussage von Heberling und den falschen Bärten, die wir in Hemlers Büro – unter anderem – gefunden haben, ist der Tatbestand klar."

„Und die Pistole?"

„Wir haben nicht direkt mit der Hausdurchsuchung begonnen, sondern haben erst eine Überprüfung der Waffenscheine mit den zugehörigen Waffen vorgeschoben. Und er hat uns seine Waffe gezeigt, die wir sofort beschlagnahmt haben. Aber ich glaube nicht, daß das die Tatwaffe ist. Sonst hätte er sie längst beseitigt."

„Warten wir erst einmal die Untersuchungen ab. Auch die DNS-Analyse liegt noch nicht vor."

„Warten wir ab! Du bist doch immer derjenige, dem nichts schnell genug gehen kann. Du jagst doch immer Deine Leute."

Braun schüttelte den Kopf: „Ich habe Zeit, viel Zeit. Das ist mir gestern Abend bewusst geworden. Aber zurück zu unserem Fall. Wir brauchen tatsächlich schnell die Untersuchungsergebnisse: Spurensicherung, DNA-Analyse, Ballistik. Wir können Hemler nur 24 Stunden festhalten. Spätestens morgen mittag steht sein Anwalt vor der Tür."

„Die Leute tun, was sie können. Da Du nicht zu erreichen warst, habe ich ihnen Dampf gemacht. Ich erwarte bald die ersten Ergebnisse. Erst dann können wir mit der Vernehmung von Hemler beginnen", sagte Schumann.

„Die DNS-Analyse." Kamp kam ins Zimmer gestürmt und schwenkte ein Blatt Papier. „Unsere Vermutung stimmt. Hemler war der vierte Mann."

„Gott sei dank," antwortete Schumann. „Dann können wir den Haftbefehl beantragen und haben ihn fest. Wir müssen ihn wegen unseres Verdachts, daß er Kleist erschossen hat, vorerst gar nicht vernehmen, bevor alle anderen Untersuchungen abgeschlossen sind."

Das Telefon klingelte. Schumann nahm den Hörer ab und hörte zu. Als er wieder auflegte, atmete er auf und sagte: „Das war die Spurensicherung. Hemler hat gestern eine Telefonrechnung mit Einzelnachweis bekommen. Daraus geht hervor, daß er einen Tag vor der Ermordung von Kleist mit diesem telefoniert hat. Jetzt fügt sich ein Stein zum anderen."

Braun nickte. „Wenn die Ballistik jetzt noch nachweist, dass die bei Hemler sichergestellte Pistole die Tatwaffe ist, dann ist der Fall geklärt."

Ein Beamter von der Spurensicherung kam herein. „Leider", sagte er, „die uns übergebene Waffe ist zu der Tat nicht benutzt worden. Aber diese Waffe ist auch nicht die in dem Waffenschein registrierte. Diese Waffe hatte früher eine andere Nummer. Die ist sorgfältig abgeschliffen worden und die im Waffenschein registrierte Nummer nachträglich eingeschlagen worden."

Eine Zeit lang herrschte Schweigen. Jeder ging seinen Gedanken nach. Als erster sprach Braun. „Diese Manipulation kann nur einen Sinn haben: Mit der registrierten Waffe begeht er eine Straftat, zum Beispiel den Mord an Kleist.Sollte er erwischt werden, lässt er uns eine Waffe finden, die nach der Registriernummer seine ist, und wir stellen fest, daß daraus nicht geschossen wurde und er ist aus dem Schneider."

„Aber aus der Waffe wurde kürzlich geschossen."

„Was?" Braun blickte den Mann von der Ballistik fragend an.

„Ja", nickte dieser, „Aus der Waffe wurde kürzlich geschossen."

„Aber wieso? Und wo?" Braun schaute den Waffenexperten fragend an. Der zuckte die Schultern.

Da meldete sich der Kollege von der Spurensicherung. „Wir haben bei Hemler die Mitgliedskarte eines Sportschützenvereins gefunden."

„Mensch, warum habt ihr das nicht gleich gesagt", fuhr Schumann auf.

„Das hättet Ihr alles in unserem Bericht gelesen," antwortete der Mann von der Spurensicherung, „aber Ihr habt es ja wieder mal eilig."

„Keine Vorwürfe bitte", beruhigte Braun, „Aber bitte besorge uns diese Mitgliedskarte möglichst sofort. Und wir werden uns den Verein mal ansehen. Wenn ich richtig informiert bin, haben die Mitglieder in diesen Vereinen einen Schrank, in dem sie ihre Waffen aufbewahren können. Denn viele Mitglieder haben keinen Waffenschein, sondern eine Waffenbesitzkarte. Und damit dürfen sie Waffen, zumindest in geladenem Zustand, in der Öffentlichkeit nicht tragen. Vielleicht hat Hemler auch so einen Schrank und in dem seine genehmigte Waffe aufbewahrt."

„Gut, schauen wir uns den Verein einmal an." Schumann schaute die Reihe der Männer an, die sich im Raum befanden. „Ich schlage vor, Braun und Thoma begleiten mich. Kamp bleibt hier und hält die Stellung. Aber so eilig sind wir nicht, denn tagsüber trifft man in diesen Vereinen meist niemand an. Gehen wir also erst einmal Mittagessen."

Nach dem Essen machten sich Schumann, Braun und Thoma auf den Weg zum Schießsportverein, der sich außerhalb von Düsseldorf im Neandertal befand. Wie erwartet war niemand im Schießstand. Sie gingen also zu der nebenan liegenden Gaststätte, um zu fragen, wann man jemand vom Sportschützenverein erreichen könne.

„Der Max Meyer kommt meist so gegen vier. Er ist der Vorsitzende und bereitet für seine Kameraden alles vor", sagte der Kellner.

Kurz vor vier fuhr ein Wagen vor und ein älterer Mann stieg aus. Verwundert betrachtete er die drei Männer, die er nicht kannte.

Schumann ging auf ihn zu. „Sind Sie Herr Meyer?"

Der Mann nickte. „Ja, und wer sind Sie?"

Die Beamten zeigten ihre Dienstausweise.

„Und was wollen Sie?"

„Wir möchten uns Ihren Schießstand ansehen und Ihnen einige Fragen stellen."

„Aber einen Durchsuchungsbefehl haben Sie nicht?"

Schumann lächelte. „Wir wollen keine Durchsuchung durchführen, sondern uns Ihren

Schießstand nur einmal ansehen."

„Bitte, kommen Sie mit."

Meyer schloss die Tür auf und Braun
konstatierte, dass dieser Schießstand sich
kaum von dem unterschied, in dem sie ihre
Waffen beschossen. Ein bisschen größer
vielleicht.

Braun interessierte sich für die
Stahlschränke, etwas größer als
Hausbriefkästen, aber, wie auch die
Eingangstür, aus massivem Stahl.

„Werden hier drin Waffen
aufbewahrt?" fragte er.

Meyer nickte. „Ja, manche Mitglieder
lassen ihre Waffen aus den
unterschiedlichsten Gründen hier."

„Mit welchen Waffen wird hier
geschossen?"

„Hauptsächlich mit Faustfeuerwaffen. Aber
wir haben auch einige Freunde von
Vorderladern und Steinschlossflinten. Die
können wir allerdings hier nicht
aufbewahren. Die sind zu groß."

„Eine Frage habe ich noch: Haben Sie im Verein ein Mitglied namens Hemler?" fragte Schumann.

„Muss ich diese Frage beantworten?"

Braun mischte sich ein: „Herr Meyer, es gibt zwei Möglichkeiten. Entweder Sie beantworten uns diese Frage, oder Sie bekommen eine Vorladung zum Polizeipräsidium, wo Sie diese Frage beantworten müssen. Im übrigen kennen wir die Antwort und wollen von Ihnen nur eine Bestätigung."

„Ja, Herr Hemler ist Mitglied bei uns."

„Na, sehen Sie, es geht doch. Hat Herr Hemler auch so einen Schrank bei Ihnen?"

„Nein," sagte Meyer.

Gerade, als Braun fragen wollte, ob Hemler seine Waffe mitnehme, fuhr Meyer fort: „Er schließt sie immer im Schrank von Herrn Lang ein. Die Herren haben beide einen Schlüssel zu diesem Schrank."

„Das heißt, Herr Fritz Lang ist auch Mitglied hier im Verein?"

„Ja, der Diamantenhändler. Bei dem Beruf braucht man eine Waffe. Deshalb nimmt Herr Lang seine Waffe oft mit, wenn er mit Diamanten unterwegs ist."

Jetzt gab es keinen Zweifel mehr, dass sie auf der richtigen Spur, oder besser, am Ziel waren. Sie waren sicher, dass die Mordwaffe sich hier befand.

Während Schumann nach draußen ging, um die Spurensicherung anzufordern, die auch einen Durchsuchungsbefehl und einen Mann für die Öffnung des Schrankes mitbringen sollten, unterhielt sich Braun weiter mit Max Meyer.

„Hat es in letzter Zeit Besonderheiten gegeben, hauptsächlich im Zusammenhang mit den Herren Hemler oder Lang?"

Meyer schüttelte den Kopf. „Nichts, was mir aufgefallen wäre."

„Hat niemand zum Beispiel Interesse am Schrank von Lang gehabt?"

„Warten Sie, da war gestern eine Dame

hier. Sonderbar, nicht dass wir auch Damen zu unseren Mitgliedern zählen. Aber diese Dame war kein Mitglied. Sie wolle die Waffe von Herrn Lang mitnehmen, sagte sie, und sie hatte auch den Schlüssel zu dem Schrank. Aber ich habe das nicht zugelassen. So etwas geht nur in Sonderfällen mit Vollmacht und vorheriger telefonischer Ankündigung."

Braun atmete auf. „Da bin ich aber froh, dass Sie Ihre Pflicht so ernst nehmen. Allerdings werden wir den Schrank von Lang aufmachen und die Waffe mitnehmen. Es besteht der Verdacht, dass diese zu einer Straftat benutzt wurde."

Meyer bekam große Augen. „Was denn, ein Mitglied unseres Vereins ein Verbrecher?"

„Das ist nicht bewiesen. Ich sagte, es besteht ein Verdacht. Sie sollten übrigens darüber auch gegen Ihre Mitglieder schweigen. Der Vereinsabend muss heute ausfallen." Er deutete auf einige Autos, die auf den Parkplatz fuhren. „Sagen Sie das bitte den Leuten."

66

Inzwischen traf auch die Spurensicherung ein und machte sich an die Arbeit. Zuerst wurden die Fingerabdrücke am Schrank von Lang genommen, bevor sich der Fachmann an die Öffnung machte. Das ging verhältnismäßig schnell, was Braun erstaunte. Die Waffe im Schrank war, wie erwartet, die registrierte Waffe von Hemler. Die Beamten der Spurensicherung waren sich sicher, dass aus dieser Waffe vor kurzem geschossen worden war. Fingerabdrucke wurden genommen und die Waffe zur weiteren Untersuchung sorgfältig verpackt.

Obwohl die Untersuchungen noch im Gange waren, für Braun war der Fall abgeschlossen. Den Rest konnte Schumann machen. Immerhin war es sein Fall, Braun hatte nur einen Wunsch, so schnell wie möglich zu Karin Hübner zu kommen. Er rief sie schon unterwegs an und fragte: „Sehen wir uns?"

Sie antwirtete: „Ich habe schon auf Deinen Anruf gewartet. Komm zum Essen, um sieben. Jetzt muss ich Schluss machen, sonst bekommst Du angebranntes Essen. Bis gleich."

Braun duschte ausgiebig und hatte das Gefühl, dass aller Schmutz, den er in den letzten Tagen erfahren, von ihm abgefallen war. Dann machte er sich froh gestimmt auf den Weg zu Karin. Sie empfing ihn freudestrahlend, er küsste sie auf beide Wangen und überreichte ihr den Blumenstrauß, den er unterwegs gekauft hatte.

„War es schlimm heute?"

„Nein, die Hoffnung, dass ich Dich heute Abend sehe, ließ mir alles leicht erscheinen. Übrigens, wir haben den Mörder von Kleist."

Tränen schimmerten in ihren Augen. „Ich weiß nicht, ob ich mich darüber freuen sollte. Aber, bitte, lass uns heute Abend nicht darüber reden. Der Abend gehört uns, uns ganz allein."

Der Tisch war bereits gedeckt, Karin zündete die Kerzen an und bat Braun, den Wein aufzumachen. Sie hatte ein Drei-Gänge-Menue gezaubert. Es schmeckte ausgezeichnet und der hervorragende Wein tat ein übriges, eine fröhliche Stimmung zu erzeugen.

Nach dem Essen legte Karin eine Disc auf und sagte: „Öffne die Champagnerflasche. Wir müssen unsere Bruderschaft nachfeiern."

Sie stießen an, Fred nahm Karin in den Arm und küsste sie. Lang und fordernd. Sie bog den Oberkörper nach hinten, so dass sie ihm in die Augen sehen konnte.

„Heirate mich!" sagte er fordernd.

„Komm, setzen wir uns," antwortete sie.

Als sie auf der Couch saßen, schaute sie in an. „Ich bekomme ein Kind von einem anderen Mann".

„Ja und?"

„Wirst Du es lieben können wie Du mich liebst?"

„Es ist Dein Kind und es wird unser Kind sein. Ich werde es lieben, wie ich Dich liebe!"

Einen Moment war Stille. Karin schloss die Augen, dann warf sie die Arme nach oben und schrie „Ja!"

„Was heißt ja?" fragte Fred verdutzt.

„Ach, Du Dummer. Es ist meine Antwort auf Deine Frage."

Es war schon spät, als sich zwei glückliche Menschen voneinander verabschiedeten.

Am nächsten Morgen kam Fred Braun wieder zu spät ins Büro. Alle waren schon versammelt und zwei leere Sektflaschen zeugten davon, dass hier – verbotener Weise – ein Erfolg gefeiert worden war. Schumann verkniff sich eine Anspielung auf sein

Zuspätkommen und sagte: „Es ist vollbracht. Nachdem die Ballistiker Hemlers Pistole als die Tatwaffe identifiziert hatten, gab er sein Leugnen auf. Lang habe ihn zu dieser Tat gedrängt, weil er fürchtete, dass Kleist etwas vom wahren Hergang der Tat ahnen könne und sie bei seiner Wahrheitsliebe bei einer Vernehmung verdächtigen würde. Einen Erpressungsversuch wies er von sich. Er habe Kleist mit diesem Zettel nur zu einem Treffen verleiten wollen, um ihn dann zu erschießen. Eine Million habe ihm Lang dafür versprochen." Er wandte sich an Braun: „Wir werden jetzt noch den Abschlussbericht erstellen, dann kann sich die Staatsanwalt mit dem Fall beschäftigen."

„Das mach' mal mit Thoma", antwortete Braun, „ich habe Wichtigeres zu tun."

Die Tür ging auf und Steuber, Brauns Dezernatchef kam herein. „Gratuliere, meine

Herren", sagte er, „ich habe leider selten
einen Fall erlebt, der so schnell gelöst
wurde. Mein besonderer Glückwunsch aber
gilt Ihnen, Herr Braun..."

„Wieso mir," unterbrach ihn Braun, „wir
alle haben doch..."

Steuber schnitt ihm das Wort ab: „Mein
besonderer Glückwunsch gilt Ihnen, Herr
Braun, zu Ihrer Beförderung zum
Hauptkommissar."

Ein großes Hallo setzte ein und jeder
wollte Braun die Hand drücken. Auch
Steuber, wobei er mit einem Zwinkern der
Augen meinte: „Es war ja auch Zeit, zumal
Sie diesen Fall mit ganz legalen Mitteln
gelöst haben."

Alle lachten, denn sie alle wussten,
welche ‚legalen‘ Mittel Braun wieder einmal
angewendet hatte. Aber der Erfolg gab ihm
Recht.

„Dann feiert mal schön weiter." Steuber
verabschiedete sich und Braun meinte
trocken: „Ich dachte schon, er wolle mir

zur bevorstehenden Hochzeit gratulieren."

Während sich alle wieder um Braun drängten, um ihm zu gratulieren, sagte Schumann: „Ich hab es mir gedacht. Du warst so verändert in letzter Zeit. Immer freundlich und ein gewisses Leuchten in den Augen."

„Ich kann mir jetzt ja eine Frau erlauben, mit dem Gehalt eines Hauptkommissars. Ich werde Euch meine Braut vorstellen, für manche wird es eine Überraschung sein. Wir machen eine Fete beim Griechen. Ihr seid alle eingeladen, und bitte mit Frau oder Freundin. Und jetzt hinaus mit Euch. Ich habe zu tun und will früh Feierabend machen."

Nur Schumann blieb. Als alle anderen den Raum verlassen hatte, sah er Braun an. „Du hast doch in letzter Zeit nur mit einer Frau Kontakt gehabt, sehe ich das richtig?"

„Das siehst Du richtig. Es ist Karin Hübner."

„Es freut mich für Dich! So hat also

dieser Fall für Dich ein zweifaches gutes
Ende gefunden."

„Ja," nickte Braun, „ein gutes und ein
sehr gutes."

Zeitfracht Medien GmbH
Ferdinand-Jühlke-Straße 7
99095 Erfurt, Deutschland
produktsicherheit@kolibri360.de